Sigrun Casper, *Der Wortjongleur*

Sigrun Casper

Der Wortjongleur

Roman

konkursbuch
Verlag Claudia Gehrke

Für Mario Wirz (1956–2013) und seine Mutter Anne-Marie Wirz (1915–1992)

1

KILIAN SCHELK und seine Mutter Marianne leben in Tingen, einer Kleinstadt, deren Bewohner fast alle katholisch sind. Marianne wurde neunzehnhundertfünfzehn in Tingen geboren und kam da nicht weg. Aufrecht, wie sie ist, hatte sie sich als junge Frau entschlossen, die Zugehörigkeit zum katholischen Glauben aufzugeben. Ihre Tochter Miriam, das Kriegskind, musste auf Wunsch der Großmutter katholisch getauft werden. Seit dem Ende des Krieges einerseits materiell abhängig von ihrer Mutter, andererseits verpflichtet, sich um sie zu kümmern, wohnt Marianne mit Miriam und, als sie Kilian endlich bei sich haben darf, eine kurze Zeit mit beiden Kindern in der Villa bei der alten Dame, im sogenannten Bessere-Leute-Viertel. Miriam heiratete mit achtzehn Jahren, als ihr Halbbruder Kilian noch nicht vier war, einen sehr viel älteren Mann und zog mit dem nach Berlin.

Das Viertel, in dem sich die Wohlhabenden einzäunen, entstand in den dreißiger Jahren am Ufer des Sees, zu dem sich der Fluss, der an der Stadt vorbeifließt, verbreitert. Wohlhabende Leute hatten damals den Fischern ihre Wassergrundstücke für lächerliche Summen abgeschwatzt. Bauherren und Gartenarchitekten verwandelten die dörfliche Gegend am See und in dessen Nähe nach und nach in ein Reservat. Einfamilienhäuser und Villen sind von parkähnlichen Gärten umgeben, Bäume schmücken die Straßenränder. Die Wagen sind meist in Garagen untergebracht, die Yachten der Seegrundstückseigner, sobald sie nicht mehr in den Bootsschuppen am Ufer überwintern, ankern an ihren Bootsstegen. Zwei standhaft gebliebene benachbarte Fischerfamilien betreiben seit Kriegsende gemeinsam ein wegen seiner fantasievollen Fischgerichte stadtbekanntes Uferrestaurant nah der Badeanstalt.

Wie in den meisten Städten befindet sich im Zentrum Tingens der Marktplatz mit katholischer Kirche und Rathaus, die auf den Schmalseiten des Platzes einander gegenüberstehen. Für die evangelisch Gläubigen steht ein Gemeindehaus in einer Gasse hinter der Schule zur Verfügung. An den längeren Seiten des Marktplatzes sind zwischen zweigeschossigen Fachwerkhäusern das Kaufhaus, der Supermarkt, eine Arztpraxis, darunter die Apotheke, zwei Bekleidungsgeschäfte, das Schuhgeschäft, ein Schmuckgeschäft, zwei Cafés, ein Restaurant mit deutscher und italienischer Küche, das Kino und verschiedene kleine Geschäfte untergebracht, ein Wäschegeschäft, der Eisladen, der Laden für Zigaretten, Zeitungen und Lotto. Und Sigrid Hönigs Friseursalon.

2

An den warmen, oft allzu heißen Tagen vor der Einschulung gehen Kilian und seine Mutter wie in den Sommern davor nach dem Frühstück in die Badeanstalt, wenn sonst nichts Wichtiges erledigt werden muss. Einkaufen und saubermachen kann Marianne auch am Nachmittag. Barfuß, in ihren selbst genähten weiten Sommerhosen und kurzärmeliger, geblümter Bluse sitzt sie im Schatten eines Baumes auf der Decke, liest noch einmal Miriams letzten Brief aus Berlin und unterhält sich dann mit Frauen in Badeanzügen, die ebenfalls den Schatten suchten und auf Decken sitzen und ihre im flachen Wasser tobenden Kinder beobachten. Rechtzeitig zum Vorbereiten des Mittagessens sind Marianne und Kilian wieder zu Hause, damit die Großmutter nicht meckert.

Nach dem Mittagessen bleibt Kilian gern noch eine Weile in der Küche sitzen und sieht seiner Mu beim Abwaschen zu. Als er dabei einmal an den Vormittag in der Badeanstalt denkt – er hatte sich auf seinem roten Schwimmring mit den Händen paddelnd durchs Wasser vorwärtsgeackert, war dabei wohl eingedöst und fand sich, als er die Augen aufmachte, beinahe mitten im See ziemlich weit entfernt von den anderen, hörte ihre Stimmen wie Gezwitscher und paddelte zu ihnen zurück so schnell er nur konnte –, kommt ihm wieder in den Sinn, was ihm seit einigen Tagen aufgefallen ist. Er und seine Mu gehen, wo der Kiesweg von der Bude, wo man Eintritt bezahlt, zu Ende ist, immer in eine andere Richtung nach Hause als die anderen Mütter und deren Kinder.

Mu, warum wohnen wir in diesem großen Haus und nicht in einem Vieleleutewohnhaus in der Stadt wie die anderen?

Sie antwortet ihm mit gesenktem Kopf, ohne sich zu ihm umzudrehen, als spräche sie mit dem Abwaschwasser, und es kommt Kilian vor, als stellte sie, während sie spricht, das abgewaschene Geschirr besonders geräuschvoll neben der Spüle ab.

Der Mann deiner Großmutter, also mein Vater, war Oberkellner im einzigen Hotel in der Stadt. Als er dann Karriere machte, unter Hitler, du weißt ja, hat er das Haus für sich und seine Frau, vor allem aber zum Repräsentieren, in diesem Bessere-Leute-Viertel bauen lassen. Direkt am Seeufer, das wäre dann wohl doch zu kostspielig geworden.

Aber das hat doch bestimmt trotzdem sehr viel Geld gekostet, fragt Kilian den Rücken der Mutter, und er sieht ihren gesenkten Kopf heftig nicken.

Mein Vater hatte einen wohlhabenden Bruder. Der hat ihm mit ’ner Menge Geld unter die Arme gegriffen. Zeit und Gelegenheit zum Repräsentieren blieb dem Herrn Emporkömmling allerdings kaum, sagt sie und gluckst spöttisch auf.

Wieso blieb dem kaum Zeit?

Im Krieg geblieben, murmelt die Mutter.

Sie trocknet ihre Hände mit dem Geschirrtuch ab, setzt sich Kilian gegenüber an den Tisch und ergreift seine Hände, die aufgeregt das Trinkglas hin- und herdrehen.

Im Krieg geblieben, hat sie gesagt. Kilian sieht der Mutter in die Augen und übersetzt es sich. Krieg ist böse. Wenn im Fernseher Bilder vom Krieg gezeigt werden, schließt Mu sofort das Türchen. Er braucht das Wort Krieg nur zu hören, schon weiß er, um was es geht. Krieg ist Feind und Feind und tot machen, Menschen und Häuser. Mu und Großmutter reden manchmal vom Krieg. Mus Vater ist also da liegen geblieben, wo ihn ein Feind totgeschossen hat, irgendwo im Krieg. Wo auch sonst, wenn er den Krieg so toll fand. Davon hat sie ja schon öfter erzählt.

Aber Emporkömmling, was ist denn das?

Sie lächelt.

Mit seiner Fragerei bringt er seine Mu manchmal in Verlegenheit, das merkt Kilian daran, dass sie die Augenbrauen hochzieht und seufzt, er weiß aber auch, sie wird ihm antworten, so gut sie kann und wo sie auch gerade sind, ob jetzt hier in der Küche oder auf der Straße. Oder am Sonntag beim Spazierengehen draußen am Fluss. Wenn Mu nicht sitzt, bleibt sie stehen, nachdem er sie gefragt hat. Im Laufen, hat sie mal gesagt, kann sie nicht so gut denken. Hat sie zu Ende gedacht, geht sie weiter und sagt ihm, was ihr zum Antworten eingefallen ist. Aber jetzt sitzt sie. Also Emporkömmling.

Das ist jemand, der sich durch Schöntun, Unterwürfigkeit und Dienstbereitschaft Vorteile bei denen verschafft, die das Sagen haben.

Das Sagen haben. Kilian zieht spitze Lippen, blinzelt nachdenklich und stellt sich vor, diejenigen, die das Sagen haben, tragen es in einer Einkaufstasche oder auch in der Hosentasche gequetscht bei sich und holen es heraus, wenn sie es benutzen wollen. Kaum an der Luft, bläst es sich auf, das Sagen, und drückt die anderen Leute an die Wand. So könnte es sein mit dem Haben vom Sagen.

Aber repräsentieren, Mu, was soll denn das nun wieder sein?

Mu zieht die Augenbrauen hoch. Etwas nach außen vertreten.

Was denn?

Eine Firma, ein Volk, eine Familie.

Kilian denkt an Gisela, das lustige Mädchen, das letztens mit Olav zum See kam. Olavs Mutter war irgendwie verhindert, die kichernde Gisela hat sie also vertreten. Hat Gisela Olavs Mutter repräsentiert? Kann er sich nicht vorstellen. Er merkt, seine Mu ist noch nicht fertig mit Erklären.

Die Männer in der Regierung, auch der Bürgermeister – sie grinst –, die sollen das Volk repräsentieren, das sie gewählt hat.

Manchmal sagen ihre Mundwinkel Kilian mehr als die Worte, die sie benutzt. Was sie mit ihren Mundwinkeln und ihrem leisen Glucksen sagt, braucht gar kein Wort.

Mit repräsentieren, fährt sie fort, kann aber auch gemeint sein, dass jemand es nötig hat, seine eigene eingebildete Großartigkeit mit irgendetwas zur Schau zu stellen, was alle sehen sollen, zum Beispiel mit so einem schönen großen Haus.

Wie sie jetzt unter schief gezogenen Augenbrauen die Luft anguckt, kommt es Kilian vor, als fände sie das schon wieder ziemlich komisch, was sie ihm da beschreibt.

Aha, sagt er mit einem Lacher.

Dein Großvater, also mein Vater, der Leuten Teller mit Essen und Gläser mit Trinken vor die Nase gestellt und weggeräumt hat, der brauchte dieses Haus, damit sie alle sagen: Was für ein großartiger Herr wird das sein, der sich so eine Villa leisten kann.

Angeber, kommentiert Kilian.

Marianne nickt. Heute machen manche Leute Schulden, um sich ein dickes Auto zu kaufen. Damit kutschen sie dann durch die Stadt und lassen sich bewundern.

Alexander, sagt Kilian darauf und versucht, seine Mundwinkel zucken zu lassen wie sie ihre und in seiner Kehle so ein gegluckstes i entstehen zu lassen. Ganz bekommt er es noch nicht hin, merkt er, und wie Mu ihn jetzt anschaut, scheint sie von seinem Nachahmungsversuch nichts mitbekommen zu haben. Alexander, fährt er also fort, ein Junge in der Badeanstalt, der gibt damit an, wie viel Geld der bunte Ball gekostet hat, den er immer anschleppt. Der Ball vertritt Alexander, ha ha.

Mu lacht auch, so laut, dass sie sich für einen Moment die Hand vor den Mund hält. Als sie sich sich beide wieder halbwegs beruhigt haben, sagt Kilian: Aber es gibt ein paar Kinder, die den teuren bunten Ball toll finden und den Alexander und den Ball so komisch ansehen ... so ... na, wie soll ich sagen ...

Meinst du vielleicht unterwürfig?

Das Wort hat Kilian doch eben schon mal gehört. Die, die das Sagen haben, brauchen Unterwürfigkeit, hat Mu gesagt. Ja, genau!, ruft er, unterwürfig! Unterwürfig fragen sie Alexander, ob er ihnen erlaubt, mit ihm zu spielen. Und er erlaubt es ihnen dann wie einer, der das Sagen hat.

Mu muss schon wieder lachen. Wenn sie lacht, könnte Kilian die ganze Welt bei den Händen fassen und in die Luft springen. Was sie mit »sogenannte bessere Leute« gemeint hat, braucht er sie nun gar nicht mehr zu fragen. Die sind nämlich in Wirklichkeit überhaupt nicht besser als andere Leute.

Die Nachkommen des Bruders können ihren Tod kaum erwarten, erklärt ihm die Mutter noch und guckt ängstlich zur angelehnten Küchentür, ob da etwa die Großmutter steht und lauscht. Aber sie legt sich ja nach dem Mittagessen immer hin. Darum ergänzt Marianne noch, damit ihr Sohn nicht weiter löchert: Der Bruder und seine Familie, die erben das alles später. Ein Wunder überhaupt, dass die Verwandten der Großmutter und mir erlaubt haben, nach dem Krieg in der heil gebliebenen Villa wohnen zu bleiben.

Das reicht Kilian nun. Hm, sagt er und nickt und rutscht vom Stuhl runter. Er will nun oben in der Spielecke an seinem Lego-Palast weiterbauen.

3

Wenn Kilian von draußen kommend durch die schwere Eichentür den Vorraum der Villa betritt, von dem die breite Treppe abgeht, sieht von dem verschnörkelt und vergoldet gerahmten Gemälde neben der Treppe eine Frau auf ihn herab. Sie sitzt auf einem Stuhl. Sie hat keine Falten im Gesicht und ein Grübchen über jedem Nasenflügel. Ihre Locken sind dunkelbraun, sie trägt ein grünes Sommerkleid und hat nackte Arme. Die Frau ist jung, viel jünger als seine Mu. Aber die Augen, wie sie ihn ansehen, sind unverkennbar die Augen der Großmutter. Sei artig, fordert ihr Blick auf ihn. Halt den Mund!

Es gelingt Kilian nicht, so zu tun, als hinge da kein Gemälde oder nur eines mit einer Landschaft. Wie unter einem Zwang muss er hochsehen und den fordernden Blick aushalten. Der Frau etwas Freches zurufen will er nicht, höchstens: Lass mich in Ruhe, Mensch, aber er verkneift sich das, streckt dem Bild nur in Gedanken die Zunge raus, ehe er den Kopf wieder senkt. Den Mund halten und nur dann etwas sagen, wenn er darum gebeten hat, wie die Großmutter es wünscht, tut er sowieso nicht. Wenn ihm bei Tisch, wie sie sich ausdrückt, was einfällt, sagt er es oder er fragt es, sobald er den Bissen durchgekaut und geschluckt hat, und seine Mu antwortet ihm.

Die Großmutter behauptet, die Grübchen über den Nasenflügeln habe er von ihr geerbt. Auf dem Gemälde ist auf jeder Seite der Nase ein schwacher Schatten zu erkennen. Wenn er in den Spiegel schaut, fallen ihm die Grübchen manchmal auf, aber keine Schatten.

Die Großmutter ist eine strenge Dame, die selten lacht, obwohl sie sich meistens Mühe gibt, nett zu sein. Kilian spürt das Bemühen, das nicht ganz Echte in ihrem Verhalten zu ihm. Was er sagt, wie er guckt, sich bewegt, die Gabel zum Mund führt, das geht auf einmal alles nicht mehr wie von selbst, wenn sie in der Nähe ist. Als stünde ein Kontrolleur hinter ihm, der ihm Anweisungen gibt, sich so und so zu verhalten, damit sie zufrieden ist und nicht mäkelt. Halt dich gerade! Frag nicht so viel! Kleckere nicht! Lach nicht so laut!

4

Am Tag seiner Einschulung, als Kilian, Schultüte im Arm, mit seiner Mutter von der Feier nach Hause kommt, sieht er die Großmutter direkt unter ihrem Bild in der Diele stehen. Wie ihre Augen aber jetzt zu ihm hinsehen, das hat keine Ähnlichkeit mit den Augen auf dem Bild. Mit geheimnisvollem Lächeln und gekrümmtem Zeigefinger lockt sie Mutter und Sohn, ihr zu folgen, und geht ihnen dann auf der Treppe voraus. Vor einer geschlossenen Tür im oberen Flur bleibt sie stehen, zieht mit großer Gebärde einen Schlüssel aus ihrer Rocktasche, steckt ihn ins Schlüsselloch, dreht ihn und klinkt die Tür auf.

Das Zimmer, das die Großmutter vor ihnen betritt, hat Kilian noch nie gesehen. An der Tür war er bisher vorbeigegangen zum nächsten Zimmer, in dem er und seine Mu schlafen, wo sie ihre Nähmaschine und er seine Spielecke hat.

Mit aufgerissenen Augen steht er neben der Mutter im Türrahmen.

Das Reich unseres Schuljungen, hört er die Großmutter ausrufen, die raumgreifend mitten im Zimmer steht. Er weiß nicht recht, ob er sich freuen soll. Er sieht einen sehr großen Schreibtisch, davor einen Stuhl mit drei komisch schrägen Beinen, er sieht das Fenster hinter dem Schreibtisch und draußen das Grün, er sieht das große Bett mit seiner zu kurzen Kinderbettdecke. Von der runden Deckenlampe aus sieht er eine Fliege starten und kreuz und quer durchs Zimmer fliegen. Die wohnt hier schon länger, die weiß hier Bescheid, vermutet Kilian, und er gibt sich einen Ruck. Er drückt der Mutter seine Schultüte in den Arm und greift noch einmal nach ihrer Hand. In der Berührung mit ihrer Hand spürt er etwas wie Ermutigung.

Mit geschwenkten Armen, wissend, dass jede Bewegung beobachtet wird, schreitet Kilian auf den Schreibtisch zu, klettert auf den Stuhl und merkt, der lässt sich drehen. Das gefällt ihm. Er lacht ins Fenster hinein, die beiden Frauen lachen auch, und die Großmutter sagt, na, das wäre doch gelacht, wenn unser Schuljunge hier nicht gut lernen und schlafen wird.

Ja, ruft Kilian, haut verwegen mit der rechten Faust auf die grüne Filzunterlage und dreht sich im Stuhl zu den Frauen um, die mit freudig gespannten Gesichtern dastehen und ihn beobachten. Ja, wiederholt er, und um seiner Großmutter zu beweisen, dass er ab jetzt tatsächlich der große Junge ist, den sie wohl nun in ihm sieht, gibt er eine Redewendung aus der Ansprache der Schulrektorin wieder.

Ich werde, verkündet er mit dem Pathos, das er der Stimme der Rektorin abgelauscht hat, ich werde mit gespitzten Ohren lernen und schlafen!

5

Vom vierten Schultag an geht Kilian allein zur Schule und nach Hause zurück. Er ist doch kein Muttersöhnchen. Wo er das Wort herhat, weiß er nicht mehr, aber er hat es sich gemerkt und weiß, dass es etwas in Richtung verhätschelt und verwöhnt und beim kleinsten Pups gleich zum Arzt bedeutet. Den Hin- und Rückweg zur Schule wusste er bereits nach dem zweiten Schultag auswendig. Rechts raus, an zwei hohen Zäunen aus verschnörkelten Eisenstangen und einem Zaun aus weißen Zaunlatten entlang die Straße bis zum Ende gehen und wo der silberfarbene Mercedes parkt, noch mal rechts herum und an sieben Eichen vorbei. Auf der Eichenstrecke kommen ihm beinah jeden Morgen ein ziemlich alter Mann und ein großer Hund entgegen. Der Hund zieht den Mann an der Leine hinter sich her und wendet ab und zu den Kopf nach hinten, als wollte er, sein Herrchen möge etwas schneller gehen. Eh die beiden an Kilian vorbei sind, sagt der Mann zu ihm: Na, junger Mann, wieder in die Schule? Und Kilian nickt und entgegnet: Na, Mann und Hund, wieder spazieren? Und er hört den alten Mann laut lachen, eh er links um die Ecke geht und dann die Straße runter bis zum Marktplatz. Den überquert er, hört den Springbrunnen plätschern und geht auf die schmale Straße neben dem Schuhladen zu, dessen Schaufenster um die Ecke verläuft. Auf dem Marktplatz mit dem Springbrunnen in der Mitte sieht er jede Menge seiner neuen Schulkameraden in dieselbe Richtung eilen, alle Mädchen und Jungen vom vierten Schultag an ohne eine Mama an der Hand, manche sogar schon einen oder zwei Tage vorher. Die Großmutter hat nämlich recht, er ist jetzt groß, so groß wie die anderen in seiner Klasse.

An den Markttagen Mittwoch und Samstag drängt man sich zwischen den Marktaktivitäten durch. Der Rückweg ist der gleiche, nur in umgekehrter Reihenfolge. Auf dem Marktplatz muss Kilian, wie mit der Mutter nach dem Verlassen des Schwimmbades am See, auch wieder eine andere Richtung einschlagen als die anderen Kinder in seiner Klasse. Auf der vorletzten Etappe, neben den Bäumen, sieht Kilian keinen Mann mit Hund, dafür verschiedene andere Leute. Die sehen ihn alle an, sagen aber zum Glück nichts zu ihm.

Eines Morgens, Kilian ist in der dritten Klasse, merkt er auf dem Weg zur Schule, dass etwas fehlt. Etwas ist anders, schon seit Tagen, wird ihm bewusst. Der Hund mit dem alten Mann an der Leine trottet ihm nicht mehr entgegen.

6

Der Schreibtisch mit der grünen Filzunterlage und dem Schubladenteil an der linken Seite ist und bleibt zu wuchtig für Kilian und seine Schulsachen. Der Mann der Großmutter, der Oberkellner und Kriegsmann, der da geblieben ist, wo er hingehört, hat auf demselben Stuhl gesessen, auf dem nun Kilian sitzt. Am selben Schreibtisch, auf dem Kilian Rechenaufgaben zu lösen und ordentlich zu schreiben versucht, hat der Emporkömmling Briefe gelesen, Befehle geschrieben und sonst was Ungutes erledigt. Weich ist es auf dem Stuhl; die Mutter hat ihrem Sohn zwei Kissen übereinander auf den Sitz gelegt, damit er es, wie sie sagt, leichter habe beim Lesen, Schreiben und Rechnen und beim Nachdenken.

Den alten Drehstuhl hat Kilian gern. Der kann ja nichts dafür, dass ein Kriegsmann auf ihm gesessen hat. Auch wenn Kilian den Sitz ganz tief runterdreht, berührt er anfangs kaum mit den Zehenspitzen den Boden.

Vor dem Fenster steht eine Eiche. Sieht Kilian von seinem Platz am Schreibtisch aus lange in den alten Baum hinein, blickt der zu ihm zurück, seine Äste biegen sich hierhin und dorthin wie die Arme und Beine der Akrobaten in dem Wanderzirkus, der vor einiger Zeit in der Nähe der Badeanstalt sein Zelt aufgeschlagen hatte und den Kilian zusammen mit seiner Klasse besucht hat. Die Zweige winken ihm, sie locken ihn in den wilden, zerzausten Garten. Andere Bäume stehen da wie Riesen, die sich verlaufen haben und nicht weiterwissen. Immer wieder wagt sich Kilian an Nachmittagen in den Garten hinein, und immer wieder weiß er dann auf einmal nicht, was und wie er hier alleine spielen soll, und er stapft ratlos auf verrottetem Laub und abgebrochenen Zweigen herum. In der schattigen Wildnis voller Vogelstimmen überkommt ihn die Angst aus den Märchen. Das unter seinen Füßen knackende Gestrüpp könnte nachgeben, ihn verschlingen. In den Märchen, der Trost fliegt ihn an, werden die Ängstlichen und auch die Mutigen befreit oder erlöst. Er hört die Mutter ihn rufen. Kilian! Kilian! Sein Name ist das erlösende Zauberwort, und er rennt, so schnell er nur kann, aus dem Garten, ums Haus herum von den Märchen weg, zurück zu ihr, in ihre Arme.

7

Die Grossmutter, so viel hat Kilian verstanden, ohne zu begreifen – die Großmutter will nicht, dass die anderen mitbekommen, wie sie hier leben. Deswegen darf ihr Enkel kein einziges Mal Schulkameraden zu sich einladen, nicht mal zum Geburtstag. Dafür lädt sie ihn und seine Mutter an allen Geburtstagen zum Kaffeetrinken in das größere und schickere der beiden Cafés am Marktplatz ein.

Sie gehen gemeinsam hin, am Springbrunnen vorbei, wo jede Menge ältere Schülerinnen und Schüler schwatzend herumstehen und ihn mit den beiden alten Frauen sehen, zwischen denen er gehen muss. Er könnte im Boden versinken. Als sie am Brunnen vorbeigegangen sind, schämt er sich noch immer, nun aber vor sich selbst. Eine von den beiden alten Frauen ist schließlich seine Mu, die er so lieb hat und die ihn lieb hat. Das Schämen verflüchtigt sich und ist schon vergessen, als er sagen darf, welche Torte er will. Schwarzwälder Kirschtorte isst er am allerliebsten, drei Stück, und die Großmutter verzieht keine Miene. Was er nicht schafft, verputzt dann seine Mu.

8

Auch wenn er Freunde zu sich einladen dürfte, wen hätte er da schon einladen können? Doch, einen, Bernhard, der neben ihm sitzt. Mit dem zusammen würde er den Garten gern erobern. Bernhard darf beim Diktat von Kilians kaum leserlichem, aber fehlerfreiem Gekrakel abschreiben. Er hat sich erstaunlich schnell an diese nach links geneigten, wie an Krücken humpelnden Kilian-Buchstaben gewöhnt, die jedes Wort wie ein Fremdwort dastehen lassen. Die freundliche junge Lehrerin, bei der sie schreiben und lesen lernen, bestand anfangs nur aus Kopfschütteln, sie hat Kilians Mutter in die Schule gebeten, um mit ihr über die unglaubliche Schmiererei ihres Sohnes zu sprechen, aber die Mutter hat nur ratlos die Schultern hochgezogen. Sie weiß das, sie hat von Anfang an mit Kilian ordentlich schreiben geübt, aber es hat nichts geholfen, da scheint etwas mit seiner Schreibmotorik nicht zu stimmen. Inzwischen hat sich die Lehrerin mit Kilians Klaue abgefunden, lässt sie ihm durchgehen, weil der eigenwillige Junge, der sich so ungewöhnlich klar und originell auszudrücken versteht, von Anfang an ein erstaunliches Gespür für Rechtschreibung an den Tag legt. Bernhard profitiert also von der orthografischen Fehlerfreiheit seines Sitznachbarn, und Kilian, der gekonnte Danebenrechner, wie ihn der Lehrer im dritten Schuljahr einmal liebevoll verzweifelt vor der Klasse betitelte, darf bei Rechenarbeiten zu Bernhards Ergebnissen rüberschielen und den korrekten Rechenweg und das Ergebnis übernehmen, aber bloß nicht bei jeder, höchstens bei dieser und jener Aufgabe, damit die Schummelei nicht auffällt. Statt einer Fünf kriegt er dann eine Vier minus, das ist immerhin etwas, und beim Korrigieren der Arbeiten hilft ihm seine Mu und übt dann auch gleich mit ihm.

In der großen Pause stehen Kilian und Bernhard auf dem Schulhof beieinander und unterhalten sich über bestimmte Lehrer, vor allem über die blöde Biolehrerin, die es nicht erlaubt, eine Pflanze oder mal eine Katze mit in die Klasse zu nehmen; sie mutmaßen, ob es regnen wird und tauschen sich darüber aus, was es gestern zum Mittagessen gab. Aber ganz gleich, welches Thema dran ist – Kilian sieht Bernhard gern in die Augen. Bernhards Augen sind himmelblau mit silbernen Pünktchen. Worüber er auch gerade reden oder nachdenken mag, seine Augen sehen aus, als ob sie lachen. Kein albernes Lachen ist es, was aus Bernhards Augen zu Kilian sprüht, eher ein spöttisches, ein kluges. Denkaugen, darauf kommt Kilian in der dritten Klasse. Er merkt sich das Wort. Wenn seine und Bernhards Augen sich begegnen, muss er lächeln, er möchte eine Hand auf Bernhards Schulter legen. Er wundert sich über diese Regung, die er in sich verspürt, aber es ist so. Bernhard merkt ja nichts davon.

Bernhard interessiert sich genauso wenig für Fußball wie Kilian, das allein eint. Hast du Lust auf Halma heut Nachmittag bei mir, fragt er Kilian ab und zu. Da braucht er nicht lange fragen. Bernhard spielt fast genauso gut Halma wie Kilians Mu, und dazu gehört schon einiges. Mal siegt der eine, mal der andere, es gibt also keinen Ärger. Außerdem gibt es Kakao und Kekse. Bernhards Mutter stellt ihnen die Becher, das Schälchen mit den Keksen und den Henkeltopf mit dem Kakao auf einem Tablett hin, wünscht ihrem Sohn und seinem Gast sehr freundlich viel Spaß beim Spielen und lässt sich dann nicht mehr blicken. Manchmal am späten Nachmittag, wenn es Zeit ist loszugehen, begrüßt Bernhards Vater die beiden Jungen. Kilian erwidert verlegen den väterlichen Blick und lässt sich seine rechte Hand von der großen Vaterhand drücken. Und auf dem Nachhauseweg ist es ihm eine Weile, als begleitete ihn etwas Warmes, Starkes, das ihn beschützt.

Bernhard lädt Kilian und noch fünf andere aus ihrer Klasse, drei Jungen und zwei Mädchen, zu seinem elften, zwölften und dreizehnten Geburtstag ein. Danach trennen sich ihre Wege.

9

Aschenputtel huscht durchs Haus, macht sauber, hängt die in der neuen Waschmaschine gewaschene Wäsche im Vorgarten auf die Leine. Prinz Kilian hilft ihr am Nachmittag beim Abnehmen der Wäsche. Laken und Bettbezüge zusammenfalten gelingt ihm nicht, weil seine Arme dafür noch zu kurz sind. Neue Errungenschaft nennt die Großmutter die Waschmaschine, den schweren weißen Kasten mit Bullauge, den zwei starke Männer ins Badezimmer getragen und an Schläuche angeschlossen haben. An der neuen Errungenschaft hängen Wörter mit Gang. Der aufmerksame Wörterfeststeller versucht sich im Schleudergang, verliert das Gleichgewicht und fällt auf den Teppich. Als er wieder steht, probiert er den Schongang. Zum Glück hat das niemand gesehen. Waschgang und Spülgang spart er sich. Alle zwei Monate putzt Aschenputtel die Fenster. Sie kocht jeden Tag Mittagessen und deckt drei Mal am Tag den Tisch im Esszimmer. Auf ihrer Nähmaschine näht sie aus alten Kleidern neue Sachen für sich und die Großmutter und für Kilian Oberhemden und Schlafanzüge, und aus alten Mänteln zaubert sie Herbst- und Winterjacken. Während all ihrer Arbeit nimmt sie ihren Sohn, wenn der in der Nähe auftaucht, weil er eine Frage hat oder einfach nur rumsitzt oder dasteht und ihr beim Zuschneiden und Zusammenstecken und Nähen zusieht, unvermittelt in den Arm und drückt ihn an sich, und wenn sie ihn endlich loslässt, wischt sie sich mit dem Ärmel übers Gesicht. Warum?

Manchmal beim Essen, wenn Mutter nur zur Großmutter hinsieht und den Mund aufmacht, um etwas zu sagen, zieht die Großmutter ihre Augenbrauen hoch, macht starre Augen, hebt eine Hand und drückt den Zeigefinger auf ihre Lippen. Mu will bestimmt nur übers Wetter reden oder vorschlagen, was noch eingekauft werden müsste, doch Großmutter verbietet ihr mit diesen Gesten, weiterzusprechen.

Es gibt da etwas. Es hat mit ihm zu tun. Aber Kilian hat Angst zu fragen.

10

Nach dem Abendbrot bereden Mutter und Großmutter dies und das, dann klappt Mu das Doppeltürchen im Fernsehschrank auf und schaltet den Fernsehapparat an. Zuerst erscheint ein Flimmerbild. Mu rückt und bewegt die Antenne, die wie ein riesiges starres Insekt auf dem Fernsehschrank steht, so lange hin und her, bis auf einmal ein sprechendes Bild erscheint. Mal ist es ein Mann, der spricht, mal eine Frau. Nachrichten darf Kilian noch mit anhören. Krieg und Kriegsgefahr, die Guten, die Bösen, Sport, dann das Wetter. Er sagt der Großmutter Gute Nacht, gibt seiner Mu einen Kuss und geht, begleitet von ihrem lieben Lächeln, die Treppe hoch ins Bad, Zähne putzen, Hände waschen. Am Mittwoch darf er warm duschen und am Sonnabend in die warme Badewanne. Mu wäscht ihm immer die Haare, rubbelt sie trocken und sieht ihm dabei zu, wie er sich abtrocknet und danach seinen Schlafanzug anzieht. Sie drückt ihn an sich und wünscht ihm schöne Träume. In seinem Zimmer knipst er zuerst die Nachttischlampe an, begrüßt seinen Teddy und lässt sich dann neben ihn in sein großes Bett fallen. Er greift nach seinem Buch. Beim Lesen merkt er bald, dass er sehr müde ist. Morgen wird er weiterlesen. Er knipst die Nachttischlampe aus.

Da liegt er und wälzt sich von einer Seite auf die andere. Er drückt den Teddy an seine Brust und starrt in die Dunkelheit.

Ohne Wusch, so nennt Kilian seinen Teddy, wenn er mit ihm Flüstergespräche führt, käme ihm die Zeit vor dem Einschlafen noch dunkler vor. Bis er endlich einschläft, wandert etwas Schweres und Trauriges von den Füßen in die Hände und in den Kopf. Er seufzt dagegen an, seine Augenlider zucken, er hält sich seinen Teddy an die Brust, an die Wangen. Was ihn drückt, ihm wehtut, ohne dass er Schmerzen fühlt – es ist älter als er, es ist dunkel ohne Farbe, gewichtslos ist es und trotzdem schwer. Dunkelschwer drückt es sich in ihn hinein, in seinen Hals, seine Brust, seinen Bauch, seine Arme und Beine. Es kommt zu ihm, wenn er allein ist.

Die Mutter sitzt auf einmal bei ihm und sieht ihn an. Von der geöffneten Tür her huscht ein wenig Flurlicht bis zu seinem Bett. Sie streicht ihm mit der Hand übers Haar. Sie flüstert Schlaf schön! und küsst ihn auf die Stirn.

11

Den Teddy hat Kilian von der Großmutter geschenkt bekommen. Wann sie ihm den geschenkt hat und zu welchem Anlass, weiß er nicht. Aber wie sie, ihre Hände und Arme geheimnisvoll hinterm Rücken versteckt, mit vorgeneigtem Kopf auf ihn zuging und er auf einmal gar keine Angst vor ihr hatte, wie sie dann, als sie vor ihm stehen blieb, die Hände nach vorne nahm und in einer Hand den Teddy hielt und ihm den Teddy auf die Hände legte, die er unwillkürlich ausgestreckt hatte, wie sie ihren Enkel dabei ansah und irgendwie traurig lächelte und ihn und den Teddy dann einen Moment lang an sich drückte – das hat sich Kilian gemerkt. Nie wieder hat ihn die Großmutter so angesehen und angelächelt, ihm nie wieder so etwas Besonderes geschenkt, nur die Sachen zum Anziehen. Auf Schuhe legt sie Wert. Das Schuhwerk, ein Wort aus Großmutters Mund, das Kilian irgendwie verwundert – das Schuhwerk offenbare, aus welchem Hause man komme, sagt sie. Daraufhin hat er sich unauffällig die Schuhe seiner Klassenkameraden angeschaut, konnte aber auch an denen nichts erkennen, was an ein Werk erinnert, geschweige denn an ein Haus.

Aber als ihm die Großmutter den Teddy schenkte, hatte der sie wohl einen Moment lang angesteckt mit der Zärtlichkeit und Liebe, die er verkörpert.

12

Kilian ist zehn Jahre alt, bald elf, als er aus der Schule kommt, und die Haustür steht offen und niemand ist da. Auf dem Küchentisch liegt ein Zettel mit Mutters Schrift. Komme gleich wieder, Mu.

Kilian ahnt, dass etwas mit der Großmutter ist. Er geht in sein Zimmer, setzt sich an den Schreibtisch und liest im Deutschbuch. Nach einer Weile hört er unten die Tür und rennt die Treppe runter.

Mutter steht unten im Flur unter dem Bild. Großmutter ist tot.

Was?

Ja.

Die Großmutter habe den Mund aufgerissen, sich dorthin gegriffen, wo das Herz schlägt, und sei dann auf ihrem Stuhl zur Seite gekippt. Die Mutter sei zu den Nachbarn gerannt und habe gebeten, das Telefon zu benutzen. Die Notrufnummer. Sie seien ziemlich schnell gekommen, hätten die Großmutter auf eine Trage gehoben, ihr eine Atemmaske angelegt und sie aus dem Haus getragen. Die Mutter sei mit den Männern und der Großmutter im Krankenwagen mitgefahren.

Sie ist tot, sagt sie noch einmal, dreht sich um und geht in die Küche.

Kilian sieht seine Mutter am Küchenfenster stehen. Er stellt sich neben sie und sieht zu ihr hoch. Sie schluckt. Sie senkt den Kopf und blickt aufmerksam zu ihm zurück. Sie legt ihre Hand um seine Schulter und drückt ihn an sich, und er spürt ihre tiefen Atemzüge.

Und als er dann noch einmal zu ihr hochsieht, lächelt sie.

Die Strenge, die Kilian fürchten ließ, er habe etwas falsch gemacht, die noch durch jede bemühte Nettigkeit durchscheinenden kontrollierenden Blicke sind nicht mehr da. Die Luft in den Räumen des Hauses fühlt sich leicht an. Das Knarren der Dielen unter den Füßen, das Kilian eingeschüchtert hatte, als wäre er es, der den Krach verursacht hatte – es klingt ihm von einem Tag auf den anderen beinah lustig. Keine scharfe Stimme befiehlt mehr: Tür zu!, wenn er beim Hinausgehen die Tür zum Wohnzimmer hinter sich zu schließen vergisst.

13

Nach der Beerdigung, auf dem Weg vom Friedhof zurück zum Haus, lässt Kilian seine Frage heraus.

Es ist Sommer. In der Kapelle ist es kalt. Kilian und seine Mutter sitzen frierend und wartend und allein in der ersten Reihe. Sie trägt ihre schwarze Bluse, er seinen braun-schwarz gestreiften Nicki.

Kilian denkt an Miriam, seine fünfzehn Jahre ältere Halbschwester, die in der Villa der Großmutter aufgewachsen ist. Sie ist nicht gekommen, wegen ihrer Kinder. Als sie gerade achtzehn geworden war und er noch ganz klein, hat sie einen viel älteren Mann geheiratet, einen Architekten, und ist mit dem aus der Villa in Tingen weggezogen, nach Berlin. Dort lebt sie, bestimmt glücklicher als bei der Großmutter, auch wieder in einem Haus mit Garten. So viel weiß Kilian. Gesehen hat er Miriam zwei Mal, als sie zu Besuch kam. Sie blieb nur einen Tag und noch einen halben. Aber sie schickt ihnen Briefe mit Fotos von sich, ihrem Mann und ihren Kindern. Mutter liest ihm die Briefe vor, und er schaut sich die Bilder lange an. Sehr hübsch ist Miriam, sie ähnelt Mama, findet Kilian. Die Kinder, Susanne und Andreas, sehen niedlich aus. Ihr Vater, der Architekt, wirkt auf jedem Bild stolz wie ein alter König. Miriam schreibt, Marianne und Kilian müssten, ehe sie wegen eines zu erwartenden Auftrags in die USA ziehen, nicht heute, nicht morgen, aber in ein paar Jahren, sie wenigstens einmal in Berlin besuchen. Mu scheint dazu keine große Lust zu haben. Das ist so eine andere Welt, hat sie gesagt. Kilian ahnt, was sie mit andere Welt meinen könnte. Die Luft ist da wahrscheinlich irgendwie anders, man muss sich da beim Atmen anstrengen und beim Leben auch.

Was macht ein Architekt, hat er seine Mu gefragt, als sie einmal nach dem Lesen von Miriams Brief über Miriam und ihren Mann redeten.

Der stellt sich in seinem Kopf vor, wie ein Gebäude, also ein Haus, aussehen soll. Seine Vorstellung zeichnet er sehr genau mit Bleistift und Lineal auf große Bögen Papier. Entwurf sagt man dazu. Danach kontrolliert der Architekt, wie sein Entwurf von Maurern und Zimmerleuten und all den anderen Handwerkern, die ein entstehendes Haus braucht, in die Welt gestellt wird, damit es stehen bleibt.

Am liebsten hätte Kilian seine Mutter daraufhin gefragt, ob ein Mensch, also zum Beispiel er, obwohl er kein Haus ist, auch nach einem Entwurf in die Welt gestellt wurde. Dass sie es ist, seine Mu, die dafür sorgt, dass er in der Welt nicht umfällt, sondern stehen bleibt, ist ihm klar. Die Sache mit dem Menschenentwurf war ohnehin wieder nur so eine Idee von ihm. Spinner, sagen sie in der Schule. Er weiß, was Zahlen sind und dass sie zum Rechnen da sind, aber als er zufällig einmal mit zusammengekniffenen Augen zur Tafel mit den Zahlen blickte, sah er da auf einmal lauter Zirkusartisten in weißen Kostümen, und weil es ihm gerade so in den Kopf kam, rief er seine Frage über die Köpfe der Klassenkameraden hinweg zum Mathelehrer hin: Waren Zahlen mal Menschen?

Komisch, was mir so alles vor der Totenfeier der Großmutter einfällt. Kilian beißt sich auf die Lippen, um nicht loszukichern. Wir sitzen mit kalten Händen und Füßen in der kalten Kapelle, und mir geistern Häuserbauer und Zirkuszahlen durch den Kopf.

Vorsichtig schaut er zur Mutter. Sie sitzt mit gesenktem Kopf. Wer weiß, an was sie gerade denkt. Vielleicht an früher, als sie so alt war wie ich jetzt. Es tut gut, an was Warmes zu denken, wenn man beim Tod sitzt. Die Frage aber, die er ihr stellen wird, wenn das Begräbnis vorbei ist – die Frage kommt nicht aus einem fremden Wort oder aus irgendwelchen Zeichen. Sie kommt aus ihm. Sie ist ganz einfach, ganz leicht. Vier kurze, gewöhnliche Wörter.

14

Die Beerdigungsfeierlichkeit besteht aus dem Sarg mit Blumen und dem Kranz mit Schleife und einem Mann im schwarzen Anzug, der betet und dann ein paar Sätze sagt, in denen Wörter wie Endlichkeit und Trost und Wir alle vorkommen, und Gott der Herr. Vorher ein hallendes Orgelstück aus dem Kassettenrekorder, nach der Ansprache noch eines. Als das zu Ende ist, stehen sie beide auf und gehen durch die Sommerwärme unter einem dunkelblauen Himmel hinter dem betenden Mann und dem Sarg her, der von vier Männern in schwarzen Anzügen getragen wird. Sarg mit Beinen, denkt Kilian. Die Beine bleiben auf der Erde und verwandeln sich in schwitzende Männer zurück, nachdem der Sarg in die Vertiefung gesenkt wurde. Der betende Mann murmelt noch etwas, drückt die rechte Hand seiner Mutter und danach Kilians rechte Hand, sieht seiner Mutter und ihm in die Augen, dreht sich um und verschwindet.

Kilian und seine Mutter gehen Hand in Hand mehrere Wege entlang zum Ausgang, vorbei an hohen, über und über lila und rosa und weiß blühenden Büschen, an tausend Grabsteinen und an einigen Menschen, die in gebückter Haltung auf Gräbern Unkraut zupfen.

Sie hat lange vor ihrem Tod ihre eigene Beerdigung und die Grabpflege organisiert und alles bezahlt, hört Kilian die Mutter. Aber die Großmutter interessiert ihn nicht. Sie ist nicht mehr da und wird ganz sicher nicht wiederkommen. Jetzt kann er seine Frage loswerden. Er weiß jedes Wort, weiß nur nicht, wie.

Er sieht auf den sandigen Boden. Er schluckt. Das Blühen um ihn herum kommt ihm vor, als wollte es ihn ersticken. Er will stehen bleiben und geht weiter neben der Mutter und ihren Gedanken. Frag jetzt, sagt es in ihm. Er hebt den Kopf und atmet ein paar Mal tief ein und aus. Mit fester Stimme, ohne den Kopf zur Mutter zu drehen, kommt es aus ihm heraus: Was war mit mir?

Sie zuckt zusammen, bleibt stehen. Sie hält den Atem an. Sie hat verstanden, was er mit seiner Frage meint.

Sie lässt seine Hand los, greift gleich wieder nach seiner Hand und drückt sie so fest, dass es ihm wehtut. Er beißt sich auf die Lippen. Nach einigen stummen Schritten lockert sie den Druck ihrer Hand und fängt an zu reden, im Weitergehen, ohne ihn anzusehen. Ihre leise Stimme umhüllt ihn ganz und gar. Was die Mutter ihm sagt, passt nicht zu ihrer Stimme. Sie sagt viel mehr, als Kilian fassen kann, sie zögert, sie stottert, verschluckt manches, spuckt es wieder aus. Aber das Wesentliche bekommt er mit.

Gleich nach der Geburt wurdest du mir weggenommen. Ins Heim. Drei Jahre. Drei Jahre Heim. Katholische Schwestern.

Wie ein Automat tut Kilian einen Schritt nach dem anderen. Er fühlt nichts. Doch, er fühlt es, das Nichts. Das Hohle, das Dunkel.

Irgendwo singt ein Vogel.

Man ließ mich nur einmal in der Woche zu dir. Eine halbe Stunde. Versuchte ich es außer der Reihe, und das tat ich oft, schoben sie mich aus der Tür.

Warum, flüstert Kilian.

Großmutter hat es so bestimmt. Keine Widerrede. Wir waren abhängig von ihr. Niemand in der Stadt durfte erfahren, dass ich schwanger war. Dass du in meinem Bauch warst. Dass du auf die Welt gekommen bist. Ich war nicht verheiratet.

Er schluckt. Nicht verheiratet, nicht verheiratet, echot es in ihm. So viel weiß er, und nicht erst seit gestern, ein Kind entsteht nicht von selbst. Dazu gehören zwei. Eine Frau und ein Mann. Die Mutter, der Vater. Vater. Mein Vater. Wer ist mein Vater? Er schluckt die Frage runter.

Die letzten vier Monate vor deiner Geburt musste ich bei Bekannten der Großmutter in einer anderen Stadt leben, wo niemand sonst mich kannte. Da war auch das Heim.

Er versteht jedes einzelne Wort und versteht es trotzdem nicht.

Die Mutter bleibt stehen. Kilian bleibt auch stehen. Sie dreht sich zu ihm um. Sie nimmt seinen Kopf in beide Hände und sagt fest: Sie hat das bereut. Als du drei geworden warst, haben wir dich aus dem Heim geholt. Sie hatte ein schlechtes Gewissen. Sie wollte dir nur noch Gutes tun.

Und du, Mutter, und du?

Ich?

Sie steht nun vor ihm. Es ist ihm, als wagte sie nicht, ihn zu berühren. Tränen fließen ihr übers Gesicht. Durch ihre Tränen hindurch sieht sie ihn an.

Drei Jahre, denkt Kilian, drei Jahre allein. Jede Nacht. Jeden Tag. Jetzt weiß ich.

Ihre Schultern beben, Tränen und Rotz vermischen sich auf ihrem Gesicht.

Ich?

Das kleine Wort, wie die Mutter es jetzt zu ihm sagt, es hört sich an, als weinte es, schwankte, zweifelte an seinem Dasein. Dieses Ich aus Mutters Mund, es will sich nicht. Sie zieht ein Taschentuch aus der kleinen schwarzen Handtasche von Großmutter. Damit wischt sie sich übers Gesicht, wischt das nicht gewollte Ich von sich weg und putzt sich die Nase. Sie steckt das Taschentuch wieder ein, der Verschluss der Tasche schnappt zu. Kilian will der Mutter über die Wange streicheln. Er hebt die rechte Hand, lässt sie wieder fallen.

Er schließt die Augen und denkt nach. Ihm

müsste jetzt irgendetwas einfallen, was er für seine Mu tun kann, damit sie wieder lacht, damit sie beide wieder lachen, aber er kommt auf nichts.

Da spürt er ihre Hand sacht auf seinem Haar. Er öffnet die Augen, und es ist ihm, als fiele er in ihre Augen.

Du bist mir alles, Kilian. Ihre Stimme ist nun wieder warm und fest.

Du warst mir alles von dem Moment an, als ich wusste, dass du in mir wächst.

Kilian nickt. Er glaubt es ihr. Was auch gewesen ist und warum, er weiß, dass sie ihn nicht belügen würde. Sie konnte sich nicht wehren, meine Mu.

Er atmet tief ein und hält die Luft an, und es kommt ihm vor, als löste sich etwas in ihm, trennte sich von ihm und fiele von ihm ab. Er will es hinter sich lassen und nicht mehr stehen bleiben, und er nimmt seine Mutter bei der Hand.

Als er weiteratmet, ist er ein Stück gewachsen.

Sie gehen weiter, schweigend zurück ins Haus der Großmutter. Als sie durch die schwere Haustür den Vorraum betreten, sieht Kilian zur Großmutter hin, die nach wie vor von dem Gemälde neben der Treppe zu ihm herunterblickt, ihm direkt in die Augen. Er reckt den Hals, erwidert ihren Blick und streckt dem Bild die Zunge heraus. Die Mutter bekommt das nicht mit, sie ist schon vorausgegangen zur Küche.

Da sitzen sie dann beide über Eck am Küchentisch und nicht im Esszimmer und essen den vorbereiteten Kartoffelsalat mit Buletten und trinken Kakao. Leichenschmaus, sagt die Mutter mit einem schiefen Lächeln zu Kilian. Leichenschmaus, wiederholt Kilian und lässt sich das Wort auf der Zunge zergehen, ehe er in die erste Bulette beißt.

15

Etwa zwei Monate nach dem Tod der Großmutter, nach Abwicklung und Regelung der rechtlichen Gegebenheiten, weist das Sozialamt der einundfünfzigjährigen Mutter und ihrem knapp elfjährigen Sohn eine Wohnung in der Metallarbeitersiedlung zu.

Stapelkette, rutscht es aus Kilian heraus, als er die Siedlungsstraße zum ersten Mal sieht.

Die Mutter schaut die Straße entlang, in die sie eben eingebogen sind. Stapelkette. Laternen, Autos, Häuser, horizontal als Kette gestapelt. Sie staunt. Nicht zum ersten Mal wundert sie sich über den kleinen Kerl an ihrer Seite, in dem ein sprechender Artist steckt. Unvermittelt, aus einem Schweigen heraus schüttelt er ein Wort aus dem Ärmel, das genau auf das zutrifft, was er damit bezeichnen will, das sie aber noch nie gehört und nirgends gelesen hat.

Woher hast du das nur?, fragt sie Kilian wieder einmal kopfschüttelnd und meint sowohl das neue Wort als auch seine seltsame Begabung. Der Gefragte zieht nur die Schultern hoch und kichert in sich hinein, und die Mutter, glücklich und traurig, streicht mit der Hand über seinen klugen Kopf. Stapelkette.

Da werden wir nun also leben müssen.

16

Mit Hilfe von Bernhards Vater, dessen Lieferwagen, in dem Kilian während einer der Fahrten neben dem Vater sitzen darf, und zweier Freunde des hilfsbereiten Vaters, die so lange hinten sitzen, ziehen sie an einem Sonntagvormittag mit den nötigsten Möbeln und Haushaltsgegenständen aus der Villa in die kleine Wohnung um. In der Küchenschublade der Villa war noch ein Rest Haushaltsgeld, das die Offizierswitwe dem Dreierhaushalt jeden Monat zur Verfügung stellte. So wenig es noch ist, es hilft der Mutter und ihrem Sohn über die ersten Wochen nach deren Tod hinweg, ehe die Dinge auf dem Sozialamt geregelt sind. Für die Helfer kauft sie davon einen Kasten Bier und Kekse.

Nachdem alle Möbel und Kartons in die neue Wohnung geschafft worden sind und Marianne mit Kilian und den beiden großzügigen Helfern, bevor sie sich verabschiedeten, bei Bier und Keksen eine Weile verschnauft hat, sitzen Kilian und seine Mutter am notdürftig aufgestellten Küchentisch zwischen Kartons und Brettern im zukünftigen Wohnzimmer. In das Zimmer, das sein Zimmer sein wird, hat Kilian nur einen Blick geworfen. Sehr klein, ganz schön schmal, aber ein Fenster. Kein Baum vor dem Fenster, aber Licht.

Mutter trinkt Bier aus der Flasche, Kilian trinkt Wasser aus einem Glas, das ihm die Mutter aus einer mit »Küche« beschrifteten Umzugskiste gezogen hat. Von den Keksen sind noch ein paar übrig.

Die Siedlung, in der wir nun wohnen, erzählt die Mutter Kilian, ist etwa zur gleichen Zeit für die Beschäftigten der damaligen Waffenfabrik gebaut worden, als mein Vater die Villa bauen ließ.

Waffenfabrik?

Die war im nächsten Ort.

Warum ist denn die Siedlung für die Arbeiter nicht da gebaut worden, wo die Waffenfabrik steht, also im nächsten Ort?

Das hatte strategische Gründe.

Was heißt strategisch?

Ha, sie lacht und nimmt einen Schluck aus der Flasche, da hast du mich mal wieder erwischt. Ich sag ein Wort so dahin, strategisch, und weiß eigentlich selbst nicht genau, was es bedeutet. Auf jeden Fall hat strategisch unter anderem mit Krieg zu tun. Mit Kriegsführung. Dass die Arbeiter nicht in dem Ort wohnten, in dem die Fabrik stand, in der sie arbeiteten, könnte nämlich damit zusammenhängen, dass es den Ort noch gar nicht gab und es zu der Zeit, als die Waffenfabrik ihre Funktion erfüllte, auch gar keinen Ort geben sollte, wo Menschen lebten. Das ist sozusagen ein strategischer Grund. Hast du mal was von

Militärgeheimnis gehört?

Kilian schüttelt den Kopf, der ihm ohnehin schon viel zu voll ist.

Seine Mu hat auch keine Lust mehr, schließlich haben sie einen anstrengenden Tag hinter sich. Trotzdem, damit ihr Fragensteller nicht noch mal damit anfängt, sagt sie ihm noch etwas. Die Fabrik wurde jedenfalls in der Nähe der Stadt errichtet, in der wir wohnen, damit die Arbeiter es nicht so weit hatten. Und diese Siedlung hier wurde speziell für die Arbeiter und ihre Familien gebaut. Das waren alles Leute, die durch und durch für Hitler und seine fürchterlichen Ideen waren. So wie dein Großvater.

Und wie sind die Waffenarbeiter hingekommen zum Waffenarbeiten?

Vor dem Krieg transportierten Betriebsbusse die Männer der Siedlung zu ihrer Arbeit für die Zwecke des Führers.

Führer?

Führer, so nannte sich Hitler, der Repräsentant seines Volkes, du kennst ja das Wort. Führer wurde dieser fürchterliche Mann von seinem gehorsamen Volk genannt. Im Krieg übernahmen dann die Frauen die Arbeit ihrer Männer in der Waffenfabrik. Und Kriegsgefangene, müsste sie eigentlich noch sagen, aber das verkneift sie sich, weil sie dem Löcherer dann auch das noch erklären müsste. Warum Frauen?, fragt er, und es reicht ihr jetzt, ihm diese Frage in sein vor Frageeifer gerötetes Gesicht hinein zu beantworten.

Die Männer waren doch alle Soldaten. Die Kinder wurden von Großeltern betreut oder in Landheime verschickt, die Frauen übernachteten im Verwaltungsgebäude der Fabrik. Die Siedlung hier und die Waffenfabrik blieben unzerstört.

Und was ist da heute?

Die Fabrik stellt seit kurz nach Ende des Krieges keine Waffen mehr her, sondern Fertigteile für Maschinen und Motoren. Die einstigen Arbeiter der Waffenfabrik, falls sie den Krieg überlebten, wohnen mit ihren Familien nach wie vor in dieser Siedlung und arbeiten, falls sie noch im arbeitsfähigen Alter sind, in der Fertigteilefabrik. Sie und ihre Söhne und Töchter fahren nun mit dem Auto oder mit der Regionalbahn zur Arbeit.

Aber jetzt, sagt Kilian, ist da doch eine Stadt so wie unsere.

So wie unsere nicht ganz, weil sie erst nach dem Krieg gebaut wurde. Man hat da noch ein paar andere Fabriken hingestellt. Eine Fabrik, die Stoffe für Kleider herstellt, und eine Möbelfabrik. Und anderes.

Können wir da mal hinfahren und uns die neue Stadt anschauen?

Kilian sieht einen eigenartigen Ausdruck im Gesicht der Mutter. Einen Schreck, und noch was anderes. Er hat kein Wort dafür.

Sie räuspert sich. Irgendwann mal, sagt sie. Und nun lass uns noch ein bisschen weiter auspacken.

Kilian beschließt, sich die Nachbarstadt einmal anzuschauen. Er behält es bei sich.

17

Kurz vor der Abendessenszeit, nachdem sie den Küchenschrank eingeräumt haben, sagt die Mutter zu Kilian: Wir müssen uns jetzt noch bei unseren Nachbarn vorstellen. Wieso, fragt Kilian.

Bei der Großmutter, antwortet sie, haben wir isoliert von den Nachbarn gelebt, oder hast du mal mit jemandem geredet, der im Haus nebenan wohnt?

Nee, sagt Kilian, eigentlich nicht.

Und uneigentlich eigentlich auch nicht, ergänzt die Mutter.

Beide lachen, dann erklärt sie es ihm: Hier, in diesen Mietshäusern, lebt man Tür an Tür mit den Nachbarn. Darum ist es richtig, dass sich neue Nachbarn bei den schon lange da lebenden Nachbarn vorstellen.

Aha, sagt Kilian.

Die Wohnungstür lassen sie angelehnt, das Schlüsselbund nimmt Marianne vorsichtshalber trotzdem mit. Sie drückt auf den Klingelknopf der mittleren Wohnung. Nach einer Weile geht die Tür einen Spalt weit auf. Der Kopf einer Frau mit grauem Haar und zusammengekniffenen Augen erscheint.

Entschuldigen Sie die Störung, sagt Marianne, mein Sohn Kilian und ich, Frau B., wir sind Ihre neuen Nachbarn. Sie haben ja sicher den Krach auf der Treppe gehört. Leider ist so was immer unvermeidlich, wenn man eine neue Wohnung bezieht. Wird nicht mehr vorkommen, sagt sie und lächelt. Die Frau im Türspalt lächelt nicht. Der graue Kopf verschwindet und mit ihm der Türspalt.

Bei den Nachbarn gegenüber wird nach dem Klingeln die Tür geöffnet, eine jüngere Frau mit Schürze und ein kleines Mädchen, vielleicht drei Jahre alt, stehen nebeneinander und sehen Kilian und seine Mutter an. Die Kleine schaut aus runden, neugierigen Augen zu ihnen hoch. Aber wie sieht die Frau uns an, überlegt Kilian. Sie sieht uns an, als wären wir ziemlich hässlich. Marianne sagt mit freundlichem Lächeln ihren Text von eben auf. Jetzt guckt die Frau so, als wären wir noch hässlicher geworden.

Die Frau sagt nichts und schließt die Tür.

Hä? Die beiden Abgefertigten tauschen einen blöden Blick, ehe sie losprusten.

Ein Wunder fast, dass ihre Wohnungstür nicht zugeschlagen ist. Ein paar Sekunden stehen Kilian und seine Mutter kopfschüttelnd im Flur. Sie nimmt den Sohn in den Arm.

Jetzt aber erst mal 'ne Stulle, sagt sie.

Ehe Kilian in seinem neuen schmalen Bett einschläft, muss er immerzu daran denken, dass in dieser neuen Wohnung vorher Leute gelebt haben, die für den Krieg waren. Leute, die voller Begeisterung Waffen hergestellt haben, mit denen Menschen Menschen töten.

18

Die Wohnung, die ihnen zugewiesen wurde, befindet sich zwei Treppen rechts im zweiten Haus auf der rechten Straßenseite der Stapelkettenstraße, von der Querstraße aus gezählt. Schmale Küche, Bad, Flur, Wohnzimmer und halbes Zimmer. Kilians Klause. Die Fenster zeigen zur Straße. Der Wandschrank im Flur dient als Garderobe, Kleider- und Wäscheschrank. Dieser eingebaute Schrank ist das Beste an der ganzen Wohnung, findet Marianne.

Außer den kleinen, mit Riffelglas versehenen Badezimmerfenstern sind alle Fenster aller Wohnungen in allen Häusern der Siedlung von Gardinen verhängt. Drei Fenster sind es nicht. Kilian weiß, warum. Nach dem eingezwängten Leben in der großräumigen Villa der Großmutter lehnt seine Mutter Gardinen ab. Erst wenn es dunkel geworden ist, zieht sie die Vorhänge zu. Sie braucht ihren freien Blick nach draußen, soweit hier Blickfreiheit möglich ist. Hinter den flachen Dächern mit den kurzen Schornsteinen zeigt ihr der Himmel seine Gesichter.

Kilian, wenn er sich manchmal nachts, weil er nach einem Traum nicht einschlafen kann, ein Glas Wasser aus der Küche holt, steht eine Weile vor dem Küchenfenster, sucht den Himmel ab und stellt sich vor, er wäre ein Stern, eine Dauersternschnuppe, eine Riesenüberschwebe.

19

Sie schläft im Wohnzimmer. Sie breitet das Laken auf dem dunkelgrünen Sofa aus und legt Kopfkissen und Bettdecke darüber. Das Bettzeug verstaut sie morgens in der Bauerntruhe am Fußende des Sofas. Über dem Sofa hat Marianne das Bild angebracht, das in ihrem und Kilians gemeinsamem Zimmer in der Villa, bis Kilian in die Schule kam, über ihrem Bett hing. Monets Sonnenaufgang am Meer. Eine Schweizer Reproduktion in einem schmalen Holzrahmen hinter Glas, Geschenk von Kurt zum zweiundzwanzigsten Geburtstag. Schon damals in der Villa hat Kilian, der Löcherer, dieses Bild niemals erwähnt, ihr keine einzige Frage gestellt, obwohl sie ihn manchmal beobachtete, wie er davorstand und es ansah, als träumte er. Jetzt, hier, in der neuen Wohnung, hat er sich seinen Stammplatz am Tisch ausgesucht. Ob sie essen, spielen oder miteinander reden – auf einmal hebt er den Kopf und sieht zum Sonnenaufgang. Er wird darin etwas von sich selbst erkennen, denkt sich die Mutter, sein eigenes Erwachen wird er ahnen, seine noch verschwommenen Konturen, seine eigene angedeutete Ferne.

Das Stückchen Wand zwischen den Fenstern ist fast über die ganze Länge mit kleinen gerahmten Bildern geschmückt, auch mit ungerahmten wie Kunstpostkarten und Fotos, die Marianne mit Stecknadeln an die Tapete gepinnt hat. Den Sofatisch schmückt eine Kerze im Porzellanhalter aus Großmutters Beständen. Der Küchentisch aus der Villa dient als Esstisch, Spieltisch und Zuschneidetisch, die vier Stühle stammen auch aus der Küche der Villa. Alles andere wäre zu groß und klobig für die Dimensionen dieser Wohnung und überdies, selbst wenn es passte, mit Erinnerungen behaftet, die Marianne nicht mitnehmen wollte.

Vor einem der beiden Fenster steht Mariannes alte Nähmaschine. Die Waschmaschine immerhin, die Errungenschaft, durfte sie für den neuen Haushalt übernehmen. Sie passt gerade mal so neben die Badewanne, einer der Umzugshelfer hat sie auch gleich angeschlossen. Der Fernseher musste in der Villa verbleiben, aber das Radio durfte mitgenommen werden. Das meiste von dem verschnörkelten Zeug, das die Erben nicht übernehmen wollten, bis auf ein wenig Porzellangeschirr, hat Marianne nach und nach und sogar ganz günstig an einen Antiquitätenhändler verkauft. Wenigstens das. Ihre Mutter, die Dame, die sich als etwas Besseres vorkam, hatte nichts als Schulden hinterlassen. Wofür sie, außer im Voraus für ihr Begräbnis und die Grabstelle, so viel Geld ausgab, darüber hatte sie nie ein Wort verloren.

Die Villa und ihre Einrichtung, das Grundstück und die Schulden fielen ohnehin an die

Erben. Sie haben die Villa verkauft, die Schulden beglichen und trotzdem noch eine Menge Geld behalten, erfährt Marianne irgendwann von irgendwem.

Kilians Zimmer ist mit seinem Bett und mit dem Schreibtisch am Fenster, einem schmalen Tisch mit Stuhl davor, gegenüber dem Kopfende des Bettes, beinahe ausgefüllt. Von links fällt Tageslicht auf sein Schreibpapier und die Schulbücher, und wenn es dunkel ist, behilft sich Kilian mit der kleinen Leselampe, die in seinem Zimmer in der Villa auf dem Nachttisch stand und die er sich hier zum Lesen vor dem Einschlafen ins Bett holt, wo er sie nah neben seinen Kopf stellt. Manchmal vergisst er, sie auf dem Fußboden neben dem Bett abzustellen, dann weckt sie ihn mitten in der Nacht, wenn er sich im Schlaf umdreht und mit der Stirn gegen ihren Fuß stößt.

Der Kachelofen im Wohnzimmer heizt bei offen gelassenen Türen dieses, den Flur und die Küche. Kilian holt Briketts aus dem Keller, seit er die beiden schweren Eimer nach oben tragen kann. Ich kann das allein, sagt er zur Mutter, die ihm dankbar auf die Schultern klopft und ihn besorgt anschaut: Aber überheb dich nicht!

In der Küche ist unterm Fenster Platz für einen winzigen Klapptisch und zwei Stühle. Dort wird rechtzeitig vor dem Weg zur Schule gefrühstückt. Auf dem Fensterbrett brennt in der dunklen

Jahreszeit eine Kerze, die Mu auf einer Untertasse befestigt hat. Kerzenlicht, sagt sie, ist Schmuck für die Seele. Meine weise Mu, denkt Kilian. So wie sie möchte ich werden. Ich will ein Dichter werden. Meine Gedichte sollen wie Kerzen brennen, wenn es dunkel ist. Meine Gedichte sollen Schmuck für die Seele sein.

20

Drei aus rohem Holz zusammengezimmerte Kellerregale aus der Villa der Großmutter stehen als Bücherregale im Wohnzimmer an der Wand gegenüber den Fenstern. Schicksalen folgen, sich in die eigentümlichen und besonderen Menschen, von denen die Romane handeln, hineinversetzen, mit ihnen mitgehen und das eigene kleine Leben im Lesen vergessen – die neugierige Leidenschaft hat Kilian von seiner Mutter mitbekommen.

Die städtische Leihbibliothek wurde geschlossen, doch die Schule hat eine eigene Bibliothek. Kilian leiht sich Bücher aus, seit er in die zweite Klasse geht, Kinderbücher, aber auch Bücher für Erwachsene, die liest sie dann auch, und wenn sie ein Buch ausgelesen hat, das Kilian vorher gelesen hatte, unterhalten sich Mutter und Sohn über das Leben, das es erzählt, und über die Menschen. Beide stellen immer wieder fest, dass die handelnden Personen in den Romanen meistens eigenwillige Menschen sind, die auf ihre Weise mit den Umständen ihres Lebens und mit den anderen Menschen fertig zu werden versuchen. Geht es denn wirklich nur darum, mit etwas fertig zu werden, die Frage tauchte einmal auf, und der zwölfjährige Kilian kam auf eine Antwort, die seiner Mutter wieder ihr verwundertes und beglücktes Kopfschütteln abverlangte. Vielleicht, sagte er, kommt es den Menschen in den Romanen eher darauf an, mit den schlimmen Dingen, die ihnen passieren, gerade nicht fertig zu werden, jedenfalls nicht so, wie es alle erwarten, und das ist es, das Nichtfertigwerden, wovon die Dichter erzählen.

Der schwere Bücherschrank im sogenannten Herrenzimmer der Villa enthielt jede Menge braun gefärbte historische Schinken aus den dreißiger Jahren und außer Dostojewskis Romanen und Werken einiger französischer Realisten nur wenige Bücher, von denen sich Marianne vorstellen konnte, dass sie für Kilian interessant wären. Brehms Tierleben allerdings und die achtzehn alten Brockhausbände konnte sie da nicht stehen lassen.

21

Am ersten Tag nach dem Einzug in die Siedlungswohnung, Kilian ist in der Schule, macht sich Marianne daran, die Bücher auszupacken und sie alphabetisch nach Autorennamen geordnet in das Regal zu stellen. Beim Buchstaben C angelangt, wird ihr Blick auf einen Romantitel gezogen und bleibt darauf liegen. Carson McCullers, Das Herz ist ein einsamer Jäger. Mit dem Buch in der Hand, den Blick nicht von den Wörtern des Titels lassend, lässt sie sich auf einen Stuhl fallen. Aus den verschwimmenden Buchstaben hebt sich wie ein aus Mariannes Tränen sich selbst entwickelnder Film das Ereignis ihres Lebens, das so schwerelos begann.

Eines Tages, vom Einkaufen kommend, sah sie auf dem Gehweg der Straße im Seeviertel, in der sie bei ihrer Mutter leben musste, an einem Gartenzaun zwei Stapel Bücher lehnen: Prosa von Sartre und Beauvoir, das berühmte erste Buch der Sagan, Romane von amerikanischen und skandinavischen Autorinnen und Autoren, auch einige psychologische Sachbücher. Was für ein Schatz! Zwischen den Büchern steckte ein Zettel: Bitte zugreifen. Sie sah sich um. Niemand war auf der Straße zu sehen. Sie fragte sich nicht lange, ob jemand gestorben war, warum und wieso jemand auf die

Idee kam, so gute Bücher auf der Straße abzuladen – sie sah nur, dass der Zufall und das trockene Sommerwetter ihr hier ein Geschenk machten und dass sie zugreifen musste. Zur glücklichen Ergänzung des Zufalls war ihre Mutter gerade wegen einer Kur nicht im Haus, konnte ihr also nicht meckernd reinreden, ihr den Transfer gar verbieten. Miriam war auch nicht da, die Eltern ihrer besten Freundin hatten sie für fast die ganzen großen Ferien in deren Sommerhaus in der Toskana eingeladen. Kurz überlegte Marianne, wohin mit den Büchern, auf ihren Kleiderschrank, wohin sonst. Und sie rannte zum Schuppen im Garten, wo die nie benutzten Gartenmöbel verstaut waren, und holte den Leiterwagen heraus.

Als sie, ab und zu innehaltend und gedankenverloren in dem einen oder anderen Buch blätternd, dabei war, die Bücher auf den Leiterwagen zu laden, hörte sie: Darf ich helfen? und sah auf.

Der Mann gefiel ihr. Obwohl die Arbeit nicht schwer war, nickte sie und ließ ihn die letzten Bücher aufnehmen und in den Leiterwagen tun. Ob sie Lust hätte, mit ihm einen Kaffee zu trinken? Warum nicht, aber erst die Bücher. Er wartete vor der Gartenpforte.

So begann die heimliche Liebschaft, die schon zu Ende war, ehe sie die Folgen begriffen hatte.

Marianne schluckt, und es ist ihr, als nickte sie ihrer Dummheit zu, der sie ihren wunderbaren Sohn verdankt. Ein halb resignierter, halb spöttischer Laut dringt ihr aus der Kehle. Jetzt ein Schnaps, das wäre gut. Aber es gibt ja nicht mal eine Flasche Wein in ihrem Haushalt. Marianne wischt sich übers Gesicht, streichelt kurz über das Buch, steht auf und macht weiter.

22

An den Rändern der baumlosen Siedlungsstraße parken sogenannte Mittelklassewagen, Autos, die nicht ganz dick und nicht ganz klein sind. Das dreigeschossige Reihenhaus – Hochparterre, erste Etage, zweite Etage – steht wie alle anderen mit etwa drei Metern Abstand vom nächsten genauso aussehenden Haus. Jedes Haus, findet Kilian, ist eine Schachtel mit Löchern zum Aufbewahren von Leuten. Die Häuser auf der anderen Straßenseite unterscheiden sich nicht. Zur Haustür führt ein kurzer Plattenweg, der eine Rasenfläche teilt und in das zweistufige Steintreppchen vor der Tür übergeht. An der linken Seite jedes Hauses, vom Gehweg aus gesehen, stehen drei Mülltonnen. Dienstag und Freitag früh, noch ehe Kilian zur Schule aufbrechen muss, bewundert er vom Küchenfenster aus die Männer von der Müllabfuhr, sieht und hört, wie sie die Mülltonnen scheppernd in den Müllwagen kippen und sie geleert wieder an ihren alten Platz stellen.

Die Rückseite jedes Hauses schaut auf das eingezäunte Gärtchen, das wie auch die Terrasse mit dreistufiger Treppe zum Garten zur mittleren der drei Wohnungen im Hochparterre gehört. In jedem Garten steht ein Apfelbaum, der im Frühjahr blüht. Spaziert Kilian manchmal, wenn es draußen warm geworden ist, um sich die Füße zu vertreten, den Weg entlang, der die einander gegenüberliegenden Hintergärten voneinander trennt, sieht er Blumen an Zäunen und Apfelbäume und Gartenzwerge und buddelnde Kinder.

23

Es sind verschiedene Personen, wie ihre Namen beweisen, trotzdem zeigen alle den gleichen Gesichtsausdruck, wenn sie Kilian allein oder zusammen mit seiner Mutter im Treppenhaus und draußen auf dem Gehweg entgegen- oder an ihnen vorbeigehen. Sogar die direkten Nachbarn, das ältliche Ehepaar in der mittleren Wohnung sowie Vater, Mutter und kleine Tochter in der Wohnung gegenüber, sehen seit jener Abfuhr am ersten Abend, als Marianne sich und ihren Sohn als neue Nachbarn vorstellen wollte, betont abweisend an Kilian und seiner Mutter vorbei.

Auf das kleine Mädchen, das Kind dieser Eltern, trifft die Beschreibung nur vordergründig zu. Als nämlich Kilian der Kleinen an einem der ersten Tage allein auf der Treppe begegnete – die Eltern waren schon unten an der Haustür und riefen zu ihr hoch, sie solle nicht so bummeln –, da hat er sich ein Herz gefasst, ist kurz stehen geblieben und hat sie angelächelt. Und sie hat ihn groß angeguckt und zurückgelächelt. Seitdem lächeln Kilian und das Kind einander an, mal offen, mal versteckt, je nach Situation. Es geschieht ohnehin viel zu selten.

Bei der dritten oder vierten Begegnung auf der Treppe und draußen auf dem Gehweg war es ihm bewusst geworden, dass sich der abweisende

Ausdruck den Leuten wie eine Maske aufs Gesicht legt. Als hätten sie sich miteinander abgesprochen, die Nachbarn, als legten sie einen Schalter um und stellten auf böse, sobald sie die neuen Mieter sehen, die inzwischen schon lange nicht mehr neu sind. Kilian senkt den Kopf und starrt auf die Stufen und bewegt die Lippen automatisch zum angedeuteten Gruß. Er ist sich nicht sicher, ob er sich wegen der Freundlichkeit seiner Mutter schämt, die den Leuten nach wie vor einen guten Tag wünscht, oder ob er stolz auf sie ist. Sie brauchen ihre Feindseligkeit gegenüber denen, die ihnen nicht gleichen, sagte sie, als er sie fragte, ob sie sich vorstellen könne, warum eigentlich diese Leute so hässlich zu ihnen sind. Daran muss er oft denken. Aber warum brauchen sie das so, hat er sie gelöchert, warum?

Damit sie merken, dass sie da sind.

Kilian bewundert seine Mutter dafür, wie sie ihm so Unbegreifliches wie Unfreundlichkeit und Gehässigkeit und Neid erklärt oder richtiger, wie sie es mit nur ein paar Worten durchleuchtet. Aber das kleine Mädchen, hat er sie gefragt, warum ist es nicht so? Es ist wohl noch bei sich selbst, hat sie geantwortet. Oder, das ist ihr dann noch eingefallen, vielleicht gibt es in ihrem kleinen Leben irgendjemanden, der anders ist und zu dem sie sich manchmal flüchten kann.

Kilian will das auch können, auf seine Weise

will er auf den Punkt bringen, was seine Gedanken beschäftigt. Aber er zeigt Marianne seine Bewunderung höchstens mit einem Kopfnicken. War sie es doch selbst, die mal zu ihm sagte, Bewunderung bringe den Bewunderten nur Stillstand. Wieder so eine Mutterweisheit. Weisheit, das hat er gelesen, sei die Fähigkeit, hinter die Dinge, wie sie erscheinen, zu sehen. Seine Mu hat es drauf, dieses Sehen hinter die Dinge. Wer hat ihr das beigebracht? Ihre Mutter ganz sicher nicht, und deren Mann, der Vater seiner Mu, der Emporkömmling, der bestand doch nur aus Befehlen, dieser Kriecher, so einer denkt nicht, so einer kann außer Gehorchen niemandem was beibringen.

Wie kann man nur von sich aus so klug sein, fragt sich Kilian.

Seit er aus dem Mund seiner Mutter hörte, manche Leute verhielten sich feindselig gegenüber anderen, weil sie dann merken, dass sie da sind, beschäftigen sich seine Gedanken damit, wer oder was für ihn wichtig ist, damit er merkt, dass er da ist. Seine Mu zeigt es ihm allein dadurch, wie sie ihn ansieht. Ihre Stimme und was sie zu ihm sagt, lässt es ihn auch merken. Das Leben ist kurz, die Bosheit so schwer, Bosheit klemmt einem die Luft zum Leben ab, hat sie gesagt, als Kilian sie fragte, warum sie die Nachbarn trotzdem grüßt. Er ahnt, was sie damit meint. Er hat genickt und gegrinst und gleich wieder gemerkt, dass er da ist.

Er merkt es, wenn er Wörter sucht. Das Suchen nach Wörtern, es kommt ja aus ihm. Es steckt in ihm drin. Schreiben ist suchen. Das fiel ihm einmal ein, und er findet, es stimmt. Schreiben ist suchen. Ist das eine Weisheit? Wenn er an den Mann denkt, seinen Vater, der zusammen mit seiner Mutter schuld daran ist, dass er, Kilian, auf der Welt ist, wenn er diese Wut in sich spürt und sich ausmalt, wie dieser Mann, sein Vater, und er, Kilian, eines Tages einander gegenüberstehen und sich in die Augen blicken werden, dann spürt Kilian sich, sein Vorhandensein in seinem Leben derart schmerzhaft, dass er losrennen muss, raus aus der Wohnung, aus dem Haus, weg von dieser kahlen Straße, irgendwohin, wo der Boden unter seinen Füßen federt und eine Wolke ihm von da oben ihre Hand reicht.

Und wenn er Matthias sieht, ihn ansieht, wenn er nur an Matthias denkt, seinen Klassenkameraden, dann merkt Kilian es auch. Er ist da.

Es gibt ihn, und das ist gut.

24

Sie sind gerade vor ein paar Tagen in die Wohnung gezogen und dabei, die Gegend zu erkunden, als die Mutter auf einmal seine Hand loslässt und mit ausgebreiteten Armen auf eine Frau zuläuft, die ihnen auf dem Gehweg entgegenkommt.

Sigrid!

Marianne!

Die beiden fallen einander um den Hals und kriegen sich gar nicht ein, so kommt es Kilian vor. Die Begeisterung ihres Wiedersehens – wie lange ist das her? – macht ihn ganz verlegen. Er steht dabei, knetet seine Hände und überlegt ein Wort. Die Mutter hat offenbar ganz vergessen, dass er auch noch da ist, aber das stört ihn weder noch ärgert es ihn. Glücksspritzer, fällt ihm ein, und er grinst in sich hinein.

Warum haben wir uns nicht schon längst getroffen?

Kilian spürt das Zögern seiner Mutter, ehe sie Sigrids Frage leise beantwortet: Ich war lange Zeit woanders. Erzähl ich dir später alles.

Aber trotzdem, beharrt Sigrid, wie kommt das, wo ich doch im Salon am Marktplatz arbeite?

Ich schneide mir die Haare selbst, entgegnet Marianne, du weißt doch, ich bin Schneiderin.

Sie lachen und weinen. Dann aber ist er dran.

Sigrid wundert sich über den schmalen Jungen mit dem dunklen Haarschopf, der mit seinen großen braunen Augen mal hierhin, mal dahin, mal auf den Boden sieht. Sie vermutet, ihre Freundin arbeite als Kindertante oder Tagesmutter, doch nachdem sich Marianne zu dem schon beinahe gleich großen Kilian gewandt und ihm, auf Zehenspitzen gestellt, einen Kuss auf den Kopf gegeben hat, stellt sie ihren Sohn und Sigrid einander vor.

Sigrid, meine liebe alte Freundin. Kilian, mein kleiner Großer, mein Nachzügler. Meine Tochter Miriam, Kurts Tochter, die hast du ja gar nicht kennengelernt. Sie kommt uns demnächst besuchen.

Sigrid schaut erst etwas verwundert. Marianne sieht Kilian stolz und glücklich an. Der lächelt von unten herauf und knetet noch immer seine Finger, und Sigrid schließt ihn ins Herz.

Erzähl ich dir später alles, sagt Marianne noch einmal zu ihrer alten Freundin, diesmal so leise wie möglich. Kilian bekommt es trotzdem mit und auch Mariannes vorsichtige Kopfbewegung in seine Richtung. Warum tust du manchmal bloß so geheimnisvoll, will er sagen, aber er bringt es nicht heraus. Er will wegrennen, dreht sich schnell um und bleibt doch stehen und wartet, bis sie sich stürmisch verabschieden und Mus alte Freundin ihm zart auf die Schulter haut: Wir sehen uns bald wieder!

25

Sigrid Hönig, die seit Jahren auf derselben Straßenseite nur zwei Häuser weiter wohnt, ruft schon von Weitem: Hallo, Marianne! und breitet ihre Arme aus, wenn sie die alte Freundin sieht. Hin und wieder spätnachmittags sieht Kilian seine Mu und Sigrid Hönig auf dem Gehweg beieinander stehen, ein ungewöhnlicher Anblick und ungewöhnliche Geräusche in der kahlen Straße, wo jeder Mensch, der auf dem Gehweg auftaucht, wie ein Fremdkörper wirkt, der von der nächstbesten Haustür weggeputzt wird. Schon von Weitem hört Kilian die beiden Frauen miteinander lachen, das fröhliche Geräusch verwandelt die Straße und alle Häuser und den Himmel darüber, so lange es dauert, in einen Rummelplatz, wo es nur so quirlt vor Leben. In Gedanken lacht er mit. Die Mutter nimmt das Buntgelächter, wie er es nennt, mit in die Wohnung und erzählt ihm, noch ehe er sie mit immer neuen Fragen überfallen kann, aus der Zeit, als sie und Sigrid Hönig zusammen in die Mittelschule gingen.

Sie haben nebeneinander gesessen, eine hat der anderen heimlich Zettelchen mit Beobachtungen und Lästereien zugeschoben, hinter vorgehaltener Hand haben sie einvernehmlich gekichert, eine Zeitlang haben sie für denselben Jungen geschwärmt, erzählt die Mutter und kichert wie damals als junges Mädchen. Zwei Jahre bevor Hitler an die Macht kam und mit seinem, wie sie sagt, Gefolge aus Kriechtieren die mörderische Geschichte in Gang setzte, waren beide von der Schule abgegangen und hatten eine Lehre begonnen. Sigrid lernte Friseuse, Marianne absolvierte bei einem Kleinbetrieb in Tingen ihre Lehre zur Schneidergesellin. Beide haben es mit allen möglichen Ausreden und mit vorgetäuschten Krankheiten fertig gebracht, sich dem Mitmachen in der wahnhaften Jugendmaschine des Regimes zu entziehen.

Als Kilian die Wörter aus dem Mund seiner Mutter vernimmt, nickt er anerkennend. Gefolge aus Kriechtieren. Wahnhafte Jugendmaschine. Ihr fallen Wörter ein wie Bilder, die größer sind als jede Fotografie aus der Zeit damals, als er, zu seinem Glück, wie sie manchmal sagt, noch lange nicht auf der Welt war.

Sie wundert sich noch heute, wie sie und ihre Freundin es damals geschafft haben, nicht mitzumachen und trotzdem nicht eingesperrt oder sonst wie bestraft zu werden. Kilian wundert sich mit ihr und schüttelt staunend den Kopf. Sigrid hatte es etwas leichter, ihr Vater war und blieb Sozialdemokrat und hat seine Tochter mit der Mahnung, ihre Ansichten nicht zu laut nach außen dringen zu lassen, im Sinn des passiven Widerstands erzogen.

Passiver Widerstand?

Die Mutter nickt. Gute Frage, sagt sie. Passiver Widerstand heißt nichts sagen, die Meinung nicht laut äußern, dafür aber handeln, wie man es mit dem eigenen Gewissen verantworten kann.

Gut, sagt Kilian.

Meinem Vater, erzählt Mu weiter, dem ranghohen Mitmarschierer, und meiner Mutter, der stolzen deutschen Frau – Marianne lacht laut auf, weil sie das jetzt so frei heraus zu ihrem Sohn sagen kann –, meinen linientreuen Eltern ist es nicht gelungen, mich, ihr einziges Kind, in den Sog der Zeit zu zwängen. Vielleicht waren sie einfach zu sehr mit sich und ihrer eigenen Begeisterung beschäftigt und überdies derart in parteiliche Verpflichtungen eingespannt, sodass für meine angemessene Erziehung kaum Zeit verblieb. Sie ahnten es nicht. Oder übersahen es. Oder sie konnten es sich gar nicht vorstellen, dass ihr Fleisch und Blut widerspenstig eigene Wege ging.

So erzählt Marianne ihrem Sohn von der Zeit, als sie jung war, und jedes Mal fängt sie hinterher an zu lachen.

Kilian versteht nicht alles, was sie sagt, aber ihr Lachen, das versteht er gleich. Lachen macht stark. Weitere Fragen – passiver Widerstand, was war das noch mal, was ist ein Sozialdemokrat, was ist linientreu –, verkneift er sich erst mal. Wenn seine Mu ihm so begeistert von den alten Zeiten erzählt, will er sie nicht noch mal unterbrechen.

26

Als der Krieg begann, waren Marianne und Sigrid bereits verheiratet. Sigrid zog mit ihrem Mann in die Stadt seiner Eltern, die Freundinnen verloren einander aus den Augen. Sigrids Mann überlebte als Soldat, er überlebte auch die russische Gefangenschaft und fing in der Tischlerei, in der er schon vor dem Krieg gearbeitet hatte, wieder an zu arbeiten, sobald er einigermaßen auf den Beinen stehen konnte. Wie besessen hat er geschuftet, erzählte Sigrid, seine Arbeitswut hat ihn wohl vom Nachdenken abgehalten. Über die Schlachten im Krieg und seinen Beitrag zum Töten hat er sich verbissen ausgeschwiegen. Vor einigen Jahren ist er gestorben, und Sigrid ist in ihre Geburtsstadt Tingen zurückgekehrt. Im Friseursalon am Marktplatz fand sie Arbeit, und irgendwann gehörte ihr der Laden. Ihr Sohn, etwa so alt wie Kilians Halbschwester Miriam, lebt auch in Berlin, und Sigrid fährt alle sechs, acht Wochen für ein Wochenende zu ihm.

27

Sonntags nach dem Frühstück, nachdem die Nachbarn das Haus Richtung Kirche verlassen haben, holen Kilian und seine Mutter Sigrid ab, wenn es das Wetter erlaubt. Sie gehen die Stapelkettenstraße rechts hinunter bis zum Ende und dann noch ein paar Straßen mit kleinen Häusern und Gärten stadtauswärts, bis sie am Wäldchen und auf den Wiesen angelangt sind, durch die sich der Fluss wie ein Bach schlängelt. Sie spazieren durch die Ruhe, lauschen Vogelstimmen, da!, ein Pirol!, pflücken sich im Sommer Sträuße aus Feldblumen, reden nicht viel, freuen sich über die Luft, das wilde Gras, die Bäume, die Farben im Herbst, die verträumte Silhouette des Mittelgebirges am Horizont. Im Winter, wenn der Schnee liegen geblieben ist, spielen sie Schneeballschlacht, und Kilian muss aufpassen, dass er seine Schneebälle nicht zu fest formt und nicht zu scharf schmeißt. Ein bisschen komisch kommt er sich schon vor, der Dreizehn-, Vierzehn-, Fünfzehnjährige unterwegs mit zwei ziemlich alten Frauen, aber erstens begegnen sie nur selten irgendwelchen Spaziergängern, und zweitens mag er seine beiden Begleiterinnen sehr, die eine natürlich noch mehr als die andere. Oder ist er es, der sie begleitet?

Er ertappt sich dabei, wie er neben der Mutter

oder hinter beiden Frauen hertrottet, seinen Blick auf den Boden gerichtet, als könnte er durch bloßes Hinsehen einen Schatz entdecken. Und wirklich, nach einer Weile intensiven Starrens hebt und senkt sich der Boden, bäumt sich auf und fällt wieder in sich zurück, und auf einmal schlängelt sich ein verrücktes Wort nach dem anderen aus dem beweglichen Untergrund. Weder seine Mu noch Sigrid Hönig bekommen das mit. Schwatzschleife. Flirrmitte. Sattlach. Bleibchen. Kilian zaubert sich die Wörter aus dem Boden in den Kopf oder umgekehrt, viele vergisst er, manche behält er, ein Wörterfinder ist er und wird er bleiben, aber das verrät er niemandem, nicht einmal der Mutter.

Sie weiß es schon lange.

28

Am Sonnabendnachmittag, auch spontan am späten Nachmittag unter der Woche, besuchen Sigrid und Marianne einander abwechselnd. Sie trinken Tee und reden und spielen Scrabble. Kilian setzt sich manchmal dazu, vor allem dann, wenn Sigrid wieder mal in Berlin war. Nach jedem Besuch bei ihrem Sohn berichtet sie derart angetan von Rolfs Berlin, dass es Kilian am Hintern juckt, aufzuspringen und loszufahren. Rolf ist durch Vermittlung eines Freundes an seine kleine Wohnung im vierten Stock in der Adalbertstraße rangekommen, in einem Stadtteil, der Kreuzberg heißt. Dort leben jede Menge Studentinnen und Studenten, fünf oder sechs oder noch mehr mieten große Wohnungen für ihre Wohngemeinschaften. Die sollen im Großen und Ganzen ziemlich gut funktionieren, trotz Knackpunkten wie Abwaschen, Saubermachen und, ha ha, wer mit wem ins Bett geht, habe Rolf erzählt, der eine Zeitlang mit einer Germanistikstudentin befreundet war, die in so einer Wohngemeinschaft lebte. Und Künstler stromern durch Kreuzberger Straßen und hocken in den Kneipen, auch Schriftstellerinnen und Dichter leben hier jede Menge, die meisten sind arme Schlucker und Schluckerinnen. Als Sigrid das sagte, hat Kilian gegrinst, als sähe er sich bereits als einen von denen, und Sigrid hat zurückgegrinst. Aber einige sollen auch erfolgreich sein!, hat sie dann ausgerufen und Kilian halb ernst, halb spöttisch angeblinzelt, und Marianne hat zustimmend gegluckst. Beide können es sich nämlich vorstellen, dass der Bücher verschlingende, Wörter erfindende Schlacks mit den tief blickenden Augen einmal im Erfolgreich landen wird, als was schon, als Dichter.

Und natürlich wohnten in Kreuzberg auch noch die Alteingesessenen, sagte Sigrid mit einem Gesichtsausdruck, als hätte sie auf einmal ein schlechtes Gewissen, weil ihr die ursprünglichen Bewohner von Kreuzberg erst nach den Studenten und Künstlern eingefallen sind. Alteingesessene. Kilian hat sich das Wort notiert. Na, und die Gastarbeiter, vor allem die aus der Türkei, aber auch aus anderen Ländern und Erdteilen. Mensch, wenn wir die nicht hätten! Die hätten eher allen Grund, auf uns herabzuschauen, statt wir auf sie! Und wie die jungen Leute angezogen sind, hach Marianne, du als Schneiderin mit Fantasie, du würdest da auf Ideen kommen, für die man dich hier lynchen würde. Und du, Kilian, du könntest da viele Freundinnen und Freunde finden. Keiner guckt schief auf den anderen.

Wenn sie einmal angefangen hat, kann Sigrid gar nicht aufhören, von Berlin zu schwärmen, von Kreuzberg. Kneipen an jeder Ecke und fast in jedem zweiten Haus. Und Kunstgalerien! Dauernd neue Ausstellungen und keiner kauft was. Wie die sich halten, ist schleierhaft. Egal, sagt sie, in Westberlin ist eben alles möglich. Na ja, nicht alles, aber vieles.

Sohn Rolf arbeitet als Beleuchter in der Deutschen Oper und besorgt seiner Mutter Freikarten für die neuesten Aufführungen. Carmen, Lady Butterfly, La Bohème. Opern seien zwar nicht gerade ihr Lieblingsfach, aber einem geschenkten Gaul …

Sigrid erzählt ihnen das alles nicht angeberisch, nicht so, dass Kilian und seine Mu neidisch werden. Sie muss einfach ihrer Begeisterung Luft machen, das spüren die beiden Lauschenden. Na, hat sie mal gesagt und Kilian wieder so einen neckisch bedeutsamen Blick zugeworfen, wer weiß, vielleicht landet einer von uns mal in dieser tollen Stadt!

Geht Kilian allein zu Sigrid, Bücher ausleihen, drückt sie ihm jedes Mal beim Abschied ein Zweimarkstück in die Hand. Die meisten Romane im Bücherregal seiner Mutter hat er schon gelesen. Bei Sigrid entdeckt er Gedichtbände von Heinrich Heine, Erich Kästner und Bertolt Brecht. Und von Rainer Maria Rilke und und und. Der Entdecker liest die Gedichte zu Hause auf seinem Bett liegend, er liest sie langsamer und mit einem anderen Hunger als jeden Roman. Ein Roman liegt ihm schwer oder leicht verdaulich im gedanklichen Magen; ein Gedicht von einem wirklichen Dichter, dessen Worte zwischen die Luft fassen, kann ihn mitziehen, ihn ganz und gar umhüllen, seine Gedanken durch den Zwischenkosmos fliegen lassen. Er, Kilian, ist noch im Werden. Als Dichter und als Mensch. Er ist zufrieden, als ihm bewusst wird, dass er an den Dichter als Erstes gedacht hat.

29

Auch bei Sigrid trinken die Freundinnen Tee. Marianne liest Sigrid den letzten der in großen Abständen eintreffenden, mehr höflichen als herzlichen Briefe von Miriam aus Berlin vor. Irgendetwas stimmt da nicht, vermutet Marianne. Vielleicht hängt es mit dem Altersunterschied zwischen Miriam und ihrem Mann zusammen. Zwanzig Jahre. Man könnte meinen, ihr Mann kontrolliert ihre Briefe, verbietet ihr, über Gefühle zu schreiben, auch nur ein einziges kritisches oder trauriges Wort zu Papier zu bringen. Auf persönliche Fragen antworte Miriam vage und allgemein. Es geht uns gut! Wenn es ihr wirklich gut ginge, bräuchte sie das doch nicht so dürr hinzuschreiben. Aber die Pakete mit Hosen und Pullis für Kilian zum Geburtstag und zu Weihnachten, wendet Sigrid ein, sogar in den gerade passenden Größen für den Jungen, die sind doch immerhin ein Zeichen von Liebe und Interesse. Marianne nickt. Ja, die Pakete, die sind Miriam, so wie ich sie kenne.

Die beiden alten Freundinnen reden über alles, was sie beschäftigt, den Wahnsinn des Koreakrieges, die Kommunismusangst der Amis, den neuen Bundeskanzler und seine Politik. Wandel durch Annäherung. Die Parole gefällt Kilian, die merkt er sich. In Tagträumen stellt er sich vor, er wäre ein

Zauberer, der vier Stunden am Tag Verkniffenheit in Lächeln verzaubert. Wenn sie nämlich lächeln, dann merken die Leute auf einmal, wie anstrengend es ist, sich in Vorurteile zu verbeißen. Nicht, dass sie nun alle dicke Freunde werden, aber die Feindschaften, die braucht man auf einmal nicht mehr. Wandel durch Annäherung ans eigene Herz!

Stundenlang spielen sie Scrabble. Ab und zu spielt Kilian mit. Aber er verliert nicht gern. Manche Wörter, die er ablegen kann, erkennen sie nicht an. Wenn da zum Beispiel WALD liegt und er könnte alle seine Buchstaben ablegen und fünfzig Punkte extra kassieren, indem er SCHEUCH vor WALD legt und damit auch noch die zwei blöden Cs loswird, dann lachen sie und sagen: Nee, Kilian, Süßer, Scheuchwald gibt's nicht. Er macht schon den Mund auf, um seinen Scheuchwald zu verteidigen, ausführlichst könnte er sich über das Rückzugsgebiet für ausgestorbene Tierarten auslassen, aber er weiß ja, seine Mu und ihre Freundin Sigrid lassen nur Wörter gelten, die im Duden stehen, und wollen sich jetzt keine Kilian-Vorträge anhören, also hält er die Klappe, sucht resigniert etwas provozierend langweilig Korrektes und legt an ein E ein UCH an, und das nicht einmal auf einen doppelten Wortwert, und kriegt für EUCH nur blöde acht Punkte.

Lieber spielt er mit Mu Halma, weil er da fast immer gewinnt, obwohl sie auch sehr gut spielt.

Hört er aber von seinem Zimmer aus, wenn er auf seinem Bett liegt und liest, die Stimmen der beiden Frauen, ihr Lachen, lässt er das Buch auf seinen Bauch sinken und schließt für einen Moment die Augen. Er fühlt dann so was wie Glück. Es hüpft ihm in der Kehle und hinter den Augenlidern und im Bauch. Er merkt sich die Nummer der Seite, auf der er gerade gelesen hat, schließt das Buch, legt es auf die Bettdecke und setzt sich auf seinen Stuhl vor dem Schreibtisch.

Lächelnd blickt er nach draußen. Die langweiligen Fassaden gegenüber lassen sich von der guten Laune anstecken, sie nicken ihm zu, haben ihr Grau vergessen, die steifen Häuser fangen an zu schaukeln, sie tanzen zu einer Musik, die, unterlegt von den Stimmen und dem Lachen nebenan, wie in sanften Tönen prasselnder Regen von den Wolken zu ihm herunterfällt. Und Kilian zieht, weil Verstecken zum Dichten dazugehört, sein besonderes, sein dickes Heft unterm Fußende der Matratze hervor, blättert zur nächsten leeren Seite, ergreift den Kugelschreiber und schaut noch einmal raus. Mit einem Ruck beugt er sich dann übers Heft, nimmt die Klänge und Farben und Bewegungen draußen und in ihm an seine innere Hand und führt alles aufs Papier. Zeile für Zeile, Seite für Seite füllt er mit geheimnisvollen Schatten, einem Mond, der im Flüsterton eine Begegnung voraussagt, mit Berührungen von Fingerspitzen und Haut, Gesprächen der Brüder Wind und Sturm. Er beobachtet seine Sprache, wie sie sich biegen und spannen und durchstreichen lässt, wie sie sich entzieht, sich versteckt und dann wieder in überraschenden Wendungen hervorspringt, ihm in die rechte Hand mit dem Kugelschreiber. Er und seine ungelenke Schreibhand spinnen neue Wörter, weben krakelige Muster aus Zeilen. So formt er das Brodelnde, Sehnende, Weiterwollende, was er hinter seiner Stirn, in seiner Brust fühlt. Es ist in ihm und ist doch viel größer und älter als er. Was ich mir wünsche, schreibt er an den Rand, reicht hinter das, was ich wissen kann.

Später, eh er sich schlafen legt, oder am nächsten Morgen vor dem Frühstück, wird er sein Aufgeschriebenes noch einmal lesen. Er wird im Bett, mit geschlossenen Augen das eine oder andere Wort gegen ein anderes tauschen. Am nächsten Morgen reißt er vielleicht das Blatt mit dem gestern Geschriebenen aus dem Heft heraus, zerknüllt es, wirft es in den Papierkorb und versucht etwas anderes.

Was er übers Wünschen aufgeschrieben hat, bleibt am Rand stehen.

30

Zweieinhalb Jahre nach dem Umzug wagen Marianne und der dreizehnjährige Kilian die Reise nach Berlin. Es ist Frühling. Wenigstens einmal, hat Miriam geschrieben, müsstest du, meine liebe Mutti, mit Kilian zu uns nach Berlin kommen. Ein einziges Mal, ehe Otto und ich und die Kinder im Sommer für längere Zeit und, wer weiß, vielleicht für immer von hier weggehen, nach Amerika. Nach Kalifornien. Wohin dort, in welche Stadt, das ist noch nicht ganz sicher, und wann wir uns dann wiedersehen …

Marianne liest Kilian den Brief vor. Als sie die letzten Worte liest – ich küsse euch beide, deine Tochter, deine Schwester Miriam –, lässt sie ihre Hände mit dem Brief auf ihre Knie sinken und streichelt den Brief. Ja, sagt sie und seufzt und zwinkert nervös vor sich hin und wischt sich über die Augen – ja, das müssen wir dann wohl.

Von dem Geld, das Miriam ihnen geschickt hat, fahren sie nun also für ein Frühlingswochenende mit dem Zug zur Miriamfamilie nach Berlin, Bahnhof Zoo. Letzte Station: Nicht Kreuzberg, sondern Zehlendorf. Drei Mal umsteigen, das dritte Mal in den Interzonenzug, in dem sie sogar einen Fensterplatz erwischen, einander gegenüber.

Gierig schauen sie raus, machen sich hin und

wieder auf etwas besonders Schönes oder Eigenartiges aufmerksam, einen aus dem Dächermeer einer kleinen Stadt lang und spitz herausragenden Kirchturm, ein Tulpenfeld – wie eine geplättete Flamme!, ruft Kilian aus, die Leute im Abteil sehen befremdet zu ihm hin, er kratzt sich verlegen am Kopf, Mu grinst.

In seiner Verlegenheit steigert sich Kilian in die Vorstellung hinein, es wäre für ihn das Selbstverständlichste von der Welt, irgendwohin zu reisen. Nach seiner hörbaren Entgleisung, geplättete Flammen betreffend, mit der er seine Aufregung verraten hat, bemüht er sich nun um eine lässige Sitzhaltung, ein Bein übers andere geschlagen, und um einen möglichst müden Blick aus dem Fenster, damit auch ja niemand mehr mitbekommt, wie aufgeregt der Junge am Fenster ist, der so tut, als wäre Reisen für ihn nichts Besonderes.

In Fahrtrichtung sitzend, sieht er Landschaften, Fabrikgelände und Orte im Frühlingslicht vorbeiziehen. Das Ruckelgeräusch der Räder auf den Schienen, eine eintönig antreibende Begleitmusik. Wenn die Bahn langsamer fährt und zischend mit quietschenden Rädern zum Anhalten kommt, beobachtet Kilian Leute auf dem Bahnsteig, die eben noch mit ihren Koffern und Taschen auf dem Gang neben dem Abteil standen und nun aussteigen, andere hieven erst ihr Gepäck, dann sich selbst die Stufen zum Wagen hoch. Durchgerüttelt vom Erleben seiner ersten Reise, findet Kilian, als er einmal die Augen für ein paar Minuten schließt, einen Gedanken, den er später in ein Gedicht verwandeln wird. Das Leben ist ein Zug voller Menschen, der eine bestimme Strecke fährt, auf bestimmten Stationen anhält, und die Menschen, wo auch immer sie ihr Leben haben, sind Reisende, die mit ihrem Gepäck ein- und aussteigen, den Zug verlassen und suchend schauen und einander umarmen und winken und warten.

An der Grenze zur DDR hält der Zug lange. Die Leute im Abteil hören auf, miteinander zu reden. Alle, auch seine Mu, sitzen auf einmal eigentümlich steif auf ihren Plätzen. Was ist denn los? Die Mutter liest ihrem Sohn die Frage vom Gesicht ab und schüttelt nur kurz den Kopf.

Ein Soldat schiebt die Tür auf. Grepo, flüstert die Mutter Kilian schnell zu. Reisedokumente, sagt der Grepo im Befehlston und starrt in den ersten ihm hingehaltenen Reisepass, blättert darin hin und her, als handelte es sich um eine Fälschung, die er aufdecken soll. Mit einer wischenden Bewegung gibt er den Reisepass endlich zurück. Ein zweiter Soldat schiebt sich hinter den ersten, beide stehen nun zwischen den Knien der Reisenden, Kilian hält sich unauffällig die Nase zu. Der zweite blickt dem ersten über die Schulter, soll ihn wohl bei der Reisedokumente-Kontrolle kontrollieren. Mutter und Sohn tauschen einen schnellen, bekümmerten Blick. Kilian entdeckt in den Gesichtern der Fahrgäste, auch bei seiner Mu, einen Ausdruck von Erleichterung, sobald der Grepo den Reisepass zurückgegeben hat. Auch er fühlt sich wie erlöst, als er seinen Kinderausweis in seine hintere Hosentasche gequetscht hat und die beiden Kontrolleure das Abteil grußlos verlassen haben. Seine Fragen hebt er sich für später auf. Wieso sind die so feindselig? Warum so misstrauisch? Was haben wir denen getan?

Wandel durch Annäherung, der Vorschlag ist bei denen wohl noch nicht angekommen.

31

In Berlin West, auf dem Bahnhof Zoo, nach nochmaliger Kontrolle und auffallend verlangsamter Fahrt durch eine Stadt voller grauer Häuser – Ostberlin, sagt die Mutter, als sie Kilians irritiert gerunzelte Stirn beim Rausgucken sieht –, wartet Miriam, ihre Tochter Susanne, die jetzt neun Jahre alt sein müsste, an der Hand, auf dem menschenvollen Bahnsteig. Nach einer Weile Suchens und Drängelns fallen Miriam und Marianne einander in die Arme, wie Kilian es schon bei anderen Menschen auf anderen Bahnsteigen gesehen hat. Die beiden aber halten einander länger als alle anderen wortlos umarmt. Kilian lächelt verständnisvoll. Susanne und Kilian sehen einander neugierig an. Als sich Mutter und Tochter endlich loslassen, drückt und küsst Oma Marianne die kleine Susanne, die sich Omas Tränen vom Gesicht wischt. Und Kilian lässt sich von seiner Schwester Miriam, die fantastisch duftet und noch hübscher ist als auf den Fotos und die darüber staunt, wie groß er geworden ist, auf beide Wangen küssen, bevor sich endlich Susanne und er – du bist mein Onkel? Vielleicht bin ich das, aber eigentlich bin ich nur der Kilian – mit Handschlag begrüßen. Danach quetschen sie sich zwei Treppen hinunter zum Ausgang durch, gehen zum Parkplatz und steigen in Miriams beziehungsweise ihres Mannes großen silberglänzenden Wagen.

Kilian, der mit Susanne auf breiten Polstern hinten sitzt, schaut gleich wieder aus dem Fenster. Miriam manövriert den Wagen aus der Parklücke auf eine breite Straße, auf der zwischen hohen Wohnhäusern und tausend großfenstrigen Geschäften reihenweise Autos, getrennt von einem steingefassten Streifen aus Gras in entgegengesetzte Richtungen fahren. Kilian ist froh, dass die Geräusche da draußen im Auto leiser sind. Susanne neben ihm, vielleicht weil sie sein Ergriffensein von dem, was er sieht, mitbekommt und ihn nicht stören will, sagt nichts und schaut ebenfalls raus. Marianne und Miriam hören nicht auf zu reden, wie gehetzt tauschen sie aus, was ihnen einfällt, als müsste alles, was Marianne ihre Tochter schließlich nicht mehr gefragt hat, und alles, was Miriam ihrer Mutter nicht in ihren Briefen mitgeteilt hat, jetzt, hier, auf der Fahrt zu Miriams Zuhause abgehandelt werden.

Als Kilian einmal kurz nach vorne schaut, sieht er durch die Lücke zwischen den Rückenlehnen der Vordersitze das gerötete Gesicht seiner Mutter begeistert ihrer Tochter zugewandt. Er dreht seinen Kopf gleich wieder zum Fenster und schaut in die Menschen- und Häusermassen.

Ein Leporello, das sich immer länger auffalten und auseinanderziehen lässt, zeigt ihm glasblinkende Gebäude und pompöse alte Wohnhäuser mit Balkons, auf denen Blumen blühen, und mit hohen Fenstern, es zeigt ihm auch kleinfenstrige Miesepeterwohnschachteln wie in Tingen. Bunt gekleidete Menschen eilen auf breiten Bürgersteigen aneinander vorbei. Hellgrün belaubte Bäume reihen sich an Straßenrändern, schmücken Plätze, halten sich zwischen zwei Häusern, als wollten sie diese ganze Aufregung beschwichtigen. Durch die huschenden Bilder, über sie hinweg, an ihnen vorbei rasen Autos, Autobusse und Lastwagen. Berlin, jedenfalls so viel von Berlin, wie er jetzt gerade mitbekommt, erscheint Kilian wie eine rasende Großbewegung, in der sich unzählige verschiedene Einzelbewegungen tummeln.

Hier werde ich leben, denkt er und genießt den pathetischen Atem seines Gedankens, hier, auch wenn das nicht Kreuzberg ist, sondern Charlottenburg. Hier in Berlin, in Kreuzberg, in Charlottenburg, wo auch immer in dieser Stadt, wird mein Platz sein, wenn ich größer bin. Hier, denkt er, kann ich durch die Zeiten rennen! Oder auch spazieren.

Vor, hinter, neben ihnen fahren Autos, Autobusse, Lastwagen. Halten an Ampeln. Weiterfahren, bremsen, langsamer, schneller.

Freitagsverkehr, sagt Miriam über die Schulter zu Kilian.

Eine baumlose Geschäftsstraße, in deren Mitte Straßenbahnschienen verlaufen, geht nach einer Straßenkreuzung, auf der die Schienen ihre Richtung ändern, in eine Allee über. Die alten Bäume am rechten Rand verneigen sich vor den Bäumen auf der anderen Straßenseite. Kilian gleitet durch einen hellgrün-blau gesprenkelten Tunnel, bis Marianne auf einmal rechts abbiegt. Die Gegend kommt Kilian irgendwie bekannt vor, und er verspürt tief in sich, wie fern grummelndes Gewitter, ein Unbehagen. Ruhige Straßen mit Häusern und Villen, von Zäunen und Gärten umgeben. Am Straßenrand parken große silbergraue, weiße, schwarze Wagen. Da sind wir, ruft Miriam, fährt nah an die Bordsteinkante heran und stoppt vor einer Villa mit flachem Dach und breiten, hohen Fenstern. Der Zaun: Dünne, wellenartig gebogene Eisenstangen. Miriam steigt als Erste aus. Sie holt die Reisetasche aus dem Kofferraum, lässt ihn zuklappen und öffnet dann mit der freien Hand die gewellte Pforte im Zaun. Mutter und Miriam voran, gehen sie dann auf einem Weg aus weißen Platten durch den Vorgarten, vorbei an Bäumchen mit fantastischen Blüten – oh, Magnolien!, ruft Mu aus –, auf das Haus zu. Auf der Fußmatte vor der Haustür reinigen sie ihre Schuhsohlen. Wie zu Hause und doch irgendwie anders, dieses Schuhabtreten, stellt Kilian fest. Schon wieder hat er keine Erklärung für dieses Irgendwie. Miriam drückt die Klinke und öffnet die Tür.

In der großen hellen Diele werden sie vom kleinen Andreas und seinem Papa, Miriams Ehemann, dem Architekten, begrüßt, vom Kleinen stürmisch, von Miriams hochgewachsenem Ehemann höflich und ernst. Seiner Schwiegermutter Marianne reicht Otto steif die Hand, die sie, ihm ins Gesicht schauend, mit beiden Händen ergreift, drückt und loslässt. Danach nimmt Otto Kilians ausgestreckte Hand, nickt ihm zu und lässt die Hand los. Kilian ist sich nicht sicher, ob das Nicken seines Schwagers gnädig oder anerkennend gemeint ist, jedenfalls erwidert er es ebenfalls nickend und lässt dabei seine Lippen zucken. Gut sieht er aus, der Mann von Miriam, findet Kilian. Wäre so einer wie der mein Vater, den würde ich aus der Reserve locken!

Oma Marianne zieht ihre Mitbringsel aus der Reisetasche: einen von ihr genähten Schlafanzug für Andreas und für Susanne einen bunt gestreift gestrickten Wollschal für die kältere Jahreszeit. Danke, sagen die Kinder und halten die Mitbringsel auf ihren ausgestreckten Armen von sich ab. Otto schaut zu. Aber das war doch nicht nötig, ruft Miriam aus. Doch, das war nötig, erwidert Marianne.

Kilian vernimmt die Bitterkeit in ihrer Stimme.

32

Gegessen wird am bäuerlich wirkenden Ausziehtisch aus Eichenholz in der geräumigen Wohnküche des Zehlendorfer Architektenhauses. Otto sitzt zwischen seinen Kindern, gegenüber Marianne und Kilian. Freischwinger, sagt Miriam, als sie Mariannes und Kilians Blicke auf die weißen beinlosen Plastikstühle bemerkt. Andreas hat zwei Kissen unter seinen kleinen Hintern gelegt bekommen. Wie ich damals, denkt Kilian. Miriam sitzt an der Stirnseite des Tisches, weil sie öfter aufstehen und etwas holen oder wegtragen muss. Die Sitzordnung wird sonst eine andere sein, vermutet Kilian. Marianne beugt sich vor, streckt den rechten Arm aus, nimmt die Teekanne vom Rechaud und gießt Pfefferminztee in die ihr hingehaltenen Tassen.

Sie will sich nützlich machen, meine Mu.

Der Hausherr schweigt, isst, nimmt einen Schluck Tee und schaut kurz kontrollierend nach rechts, nach links auf die Teller und Hände seiner Kinder. Er hat alles im Blick, nichts davon scheint ihn zu interessieren. Vielleicht irre ich mich, hoffen Kilians Gedanken.

Miriam bemüht sich mit Fragen nach der Gesundheit, nach dem Wetter in Tingen, ob es da etwas Neues gibt, und mit allen möglichen netten Bemerkungen um Wärme und Vertraulichkeit. Marianne lässt ihre Tochter nicht allein, sie stimmt zu und ergänzt ebenso nett. Otto belegt seinem Söhnchen eine Schnitte mit Salami und Gurkenscheibchen. Die Kinder beißen ab und kauen und sehen ab und zu, wenn sie nicht Kilian anstarren, scheu zu ihrem Vater hoch.

Wie waren die Kontrollen an der Grenze?, erkundigt sich Miriam. Ich habe schon so oft davon gehört, sagt Marianne, aber wenn man das selbst erleben muss … Kopfschüttelnd überlegt sie. Kilian nimmt ihr ab, was sie wohl sagen wollte: Die können uns offenbar nicht leiden. Otto sieht ihn an und nickt. Kilian merkt, sein Gesicht wird warm, er senkt den Kopf. Er hört Miriam und Mu leise weiter über die Ost-West-Situation reden, die Mauer, dieses Bauwerk aus Angst und Beton, der Einmarsch der Ostblocksoldaten und die sowjetischen Panzer letztes Frühjahr in Prag. Das alles aus Angst, dem Westen unterlegen zu sein! Otto stimmt wortlos zu.

Scheint ein Schweiger zu sein, mein Schwager. Sein Besteck handhabt er wie Damen, die ihren kleinen Finger abspreizen, wenn sie ein Glas zum Mund führen. Oder auch wie ein Chirurg. Auf jeden Fall hat er einen Riecher für schöne Dinge, der Herr Architekt. Die Lampe über dem Tisch hat Miriam bestimmt nicht ausgesucht. Massen von kleinen Glasperlen, weißen, rosafarbenen und gelben, in eine spontan wirkende, unordentliche Ordnung zueinander gebracht und so in ein schmales Brett aus Glas oder Plexiglas eingeschweißt. Muss wahnsinnig viel Geld gekostet haben, das Teil. Die hellgrauen Teller mit dem auffallend schmalen Rand, Kilian spürt die Erlesenheit ihrer Form. Messer und Gabeln sind aus Edelstahl, nicht aus Aluminium. Was man hier sieht und anfasst, verdient das Beiwort edel. An der Wand in der Nähe des Tisches hängt ein großformatiges Bild. Expressionismus, weiß Kilian einzuordnen, der im Kunstunterricht aufpasst. Immer wieder muss er hinsehen. Wie von großer Höhe aus gesehene Gebirge, Flüsse, Seen und Wälder in einem golden wirkenden Licht.

Lampe und Bild lauthals bewundern traut er sich nicht. So viel Erlesenheit erfordert Unterwerfung. Jede Übertretung wird, falls das Auge des Hausherrn es bemerkt, mit Steigerungen von Schweigen bestraft, vermutet Kilian. Hier wird gespeist, nicht gegessen. Trotzdem schmecken ihm die Wurst, der Käse, die Lachsscheiben unheimlich gut. Sogar die Butter hat einen besonderen Beigeschmack. Kilian langt ordentlich zu. Sie haben ja heute kein Mittag gegessen, nur Klappstullen mit Leberwurst und Äpfel. Die Butter zieht er sich, wie er es Susanne abgeschaut hat, mit dem Buttermesser aus der Butterdose. Dabei entsteht eine kleine geriffelte Rolle. Die streift er am Rand seines Tellers ab, legt das Buttermesser wieder neben die Dose, nimmt dann das Butterröllchen vom Tellerrand mit dem Edelstahlmesser auf und verstreicht es auf der Brotscheibe, die er dem Brotkorb mit Daumen und Zeigefinger der rechten Hand entnommen hat. Eine Zange zum Entnehmen der Brotscheiben lag da nicht. Die Käsezange ignorierend, nimmt sich der Genießer eine Scheibe Schweizer Käse keck mit den Fingern vom Teller. Dabei sieht er seine Schwester an. Sie zwinkert ihm zu. Otto hat es auch mitbekommen.

Otto tupft den Mund mit der weißen Damastserviette ab. Er gibt jedem Kind ein Küsschen auf den Kopf, wirft Susanne einen überraschend warmen Blick zu und erhebt sich von seinem Freischwinger, als wollte er nun eine Rede halten, doch er schiebt ihn nur von sich weg. Entschuldigt mich bitte, sagt er mit einem Nicken zu Marianne und Kilian. Es hört nie auf, ich muss arbeiten. Er schiebt den Freischwinger an den Tisch zurück, lächelt entschuldigend und verlässt die Wohnküche.

Das Lächeln eben, die Verlegenheit, das ist auch eine Seite von diesem Mann. Kilian würde seine Schwester gern fragen, ob es möglich sei, den fein, ja, edel geschnittenen Mund ihres Mannes zum Lachen zu bringen. Er könnte ja ganz schlicht fragen: Lacht der auch mal?, aber er wagt es nicht, allein schon wegen der Kinder.

Die Tür zur Diele hat Otto offen gelassen. Als

er hinter der Flügeltür seines Arbeitszimmers verschwunden ist, hält sich die Forderung, sich gut zu benehmen, noch eine Weile auf dem Tisch und den leckeren Essensangeboten, im Licht dieser Wunderlampe, auf den frei schwingenden Sitzgelegenheiten, in der Luft um den Tisch herum. Morgen müsst ihr mal einen Blick in Ottos Arbeitsraum werfen, sagt Miriam. Der größte Raum im Haus. Atelier, Büro und Werkstatt in einem. Von Montag bis Donnerstag arbeitet Otto da zusammen mit zwei Mitarbeitern. Sie rechnen, zeichnen, bauen Modelle. Für den Entwurf des Sosa-Kaufhauses, das in München gebaut werden soll, hat das Trio einen Preis bekommen, erzählt sie mit Bewunderung in der Stimme. Ihre Augen leuchten. In Amerika werden sie als Erstes ein Museumsprojekt angehen.

Wann, fragt Marianne.

Im Herbst.

Und wisst ihr nun schon, wo ihr leben werdet?

Ja, jetzt wissen wir es sicher. In Kalifornien. Berkeley. Das ist ganz nah bei San Francisco. Die Kinder sind da schon an der Schule angemeldet.

Freut ihr euch darauf?

O ja, Mutti, wir freuen uns und sind sehr gespannt auf alles.

Wir, sagt sie, denkt Kilian, damit meint sie auch ihren Mann. Den vielleicht zuallererst. Er kann sich also freuen. Wenn dieses Gefühlsversteck mein Vater wäre, ich wäre so stolz auf ihn wie sie, denkt Kilian und streichelt Miriam ganz kurz, ganz zart über den Arm. Für die brüderliche Berührung bekommt er ebenso kurz und zart einen schwesterlichen Kussmund zugeworfen.

Susanne, die diese Liebesbekundung beobachtet hat, lacht laut und glücklich. Oh!, ruft sie. Beide Kinder springen auf. Dürfen wir nach oben? Miriam nickt, Marianne winkt sie zu sich heran, und sie gehen um den Tisch herum zu ihrer Oma, die aufsteht und erst den kleinen Andreas, dann Susanne umarmt und an sich drückt. Sie setzt sich wieder hin, und die beiden rennen, wie auf Zehenspitzen rennen sie, stellt Kilian kopfschüttelnd fest, aus dem Zimmer und poltern so leise wie sie nur können die Treppe hoch.

Als Miriam, Marianne und Kilian den Tisch vorsichtig abgeräumt haben – Kilian durfte die Bestecke auf einem dafür bestimmten, kleinen Metalltablett einsammeln –, schlägt Miriam vor: Lasst uns ins Wohnzimmer gehen! Sie räuspert sich grinsend: Äh, in den Salon. Sie geht vor und knipst Licht an.

Mehrere in die Decke eingelassene Lämpchen tauchen den Raum in Kühle. Kilian hat das Gefühl, in die Abbildung des Möbelprospekts zu treten, der letztens im Briefkasten lag. Das Licht aus dem Lampenbogen am Sofa lässt ihn den ersten Eindruck vergessen. Sein Blick fällt auf den Kamin aus Backsteinen, der als halber Kegel aus der weißen Wand ragt. In der Realität hat er noch keinen Kamin gesehen, dafür aber in Edgar-Wallace-Filmen. Ein dunkelrotes Ledersofa mit Seitenteil, ausladend und einladend zugleich, lagert vor dem Kamin. Die zwei expressionistischen Bilder, jedes an einer anderen Wand, erinnern Kilian an Fenster mit fantastischem Ausblick. Das eigentliche Fenster mit der Terrassentür sieht aus wie ein Bild, auf dem ein Maler wie Monet Variationen von Dämmerung festgehalten hat.

Auf dem asymmetrischen, schwarz lackierten Sofatisch steht eine Sherryflasche. Daneben ein gläserner Aschenbecher. Haben sie die Flasche und den Ascher da gestern Abend aus Versehen stehen lassen, oder dient beides als Dekoration? Schön, das Tischchen. Alles fast zu schön. Schön wie in Schöner Wohnen. Die Zeitschrift liegt in Sigrids Friseurladen aus, Kilian hat darin mal geblättert. Auf einem Tisch sah er da ein Buch liegen. Es lag da wie zurechtgelegt als farblich passendes Dekorationsstück. Die Expressionisten, die Bücherwand, die Bogenlampe, das Sofa, das Tischchen, der Kamin. Stumpfer schwarzer Teppich auf glänzendem Parkett. Schönheit im Tempel korrekter Grammatik, fällt Kilian ein, und er merkt es wieder einmal. Einfallende Wörter haben die Macht, ihn zu beruhigen. Irgendetwas fehlt hier. Etwas von der piefigen Enge zu Hause, die Mu mit ihrer kramigen Fantasie, mit Blumen und Gräsern, die sie von unseren Spaziergängen mitnimmt, mit ihrer Stimme und dem, was sie sagt, mit ihrem Lachen und mit einer einzigen brennenden Kerze jeden Tag in ein unvollkommenes Ganzes verzaubert.

Miriam öffnet den schmalen gläsernen Wandschrank und entnimmt ihm aus dem untersten Fach ein kleines silbernes Tablett, auf das sie drei Gläschen stellt. Sie öffnet die Sherryflasche und gießt ein. Kilian darf ein halbes Gläschen mittrinken. Miriam möchte mit ihm und ihrer gemeinsamen Mu anstoßen. Auf was? Ach, auf alles, das Leben, die Zukunft. Und auf den Augenblick, sagt Marianne und stößt ihr edles Sherryglas vorsichtig gegen die Gläser von Miriam und Kilian. Der stößt so heftig zurück, dass sein Glas zerspringt. Miriam zuckt zusammen. Sie legt einen Zeigefinger vor den Mund. Auf Zehenspitzen, so wie gerade eben die Kinder, rennt sie in die Küche, kommt auf Zehenspitzen zurückgerannt, Handfeger und Schippe in der einen, den feuchten Lappen in der anderen Hand. Kilian und seine Mutter rühren sich nicht, wechseln nur einen langen Blick. Zum Glück ist kein Sherry aufs Sofa getropft, nur aufs Tischchen und auf den schwarzen Teppich. Miriam fegt die feinen Scherben auf und wischt erst den Tisch ab und dann auf dem Teppich herum, immer wieder ängstlich zur Tür schauend.

Entschuldige bitte, sagt Kilian.

Miriam sieht ihn an, den Kopf schräg gehalten, verständnisvoll. Die Traurigkeit in ihrem Blick, ihrem Lächeln sagt mehr als jedes erklärende Wort. Ohne Worte viel sagen, denkt Kilian, das hat Miriam von unserer Mu geerbt. Sie hat es gut, sie hat es schön, das kann nicht alles sein. Er springt vom Sofa auf, bietet sich an, die aufgefegten Scherben und den Lappen in die Wohnküche zurückzutragen.

Nein, lass mal, sagt Miriam.

Dann, sagt Kilian, als sie aus der Küche zurückkommt, geh ich jetzt mal hoch zu deinen Kindern und sag ihnen gute Nacht.

Susanne und der fünfjährige Andreas haben ihr eigenes Kinderzimmer, jetzt sitzen beide in Susannes Zimmer. Sie haben offenbar auf ihn gewartet, er sieht es ihren aufleuchtenden Gesichtern an. Susanne zeigt ihm ihre Puppen und alles mögliche farbig lackierte Holzspielzeug, der kleine Andreas führt seinem Onkel sein durch Fernbedienung zu steuerndes Auto vor. Susanne berichtet ihm dann, ohne dass er sie danach gefragt hätte, wie gut sie in der zweisprachigen Schule ist, vor allem in Englisch, beide wollen wissen, ob Kilian auch gut in der Schule ist. Geht so, antwortet er und hat keine Lust, sich weiter über Schule auszulassen. Dann fällt ihm aber ein, er könnte es ja mal auf Englisch versuchen, womit er bei Susanne eine Menge Pluspunkte sammelt. Nun auch noch mit Französisch anzufangen, was sie ja gar nicht verstehen würde, erscheint ihm dann doch übertrieben. Aber nun müsst ihr schlafen gehen, oder? Ich geh jetzt auch ins Bett.

33

So innig wie auf der Hinfahrt vom Bahnhof Zoo zum Haus in Zehlendorf reden Marianne und Miriam nur noch einmal miteinander, nach dem Abendbrot am ersten Abend, als Kilian beim Anstoßen das Sherryglas zerbrach und nachdem er sie allein ließ und sich zu den Kindern gesellte.

Oben im Gästezimmer, nach dem Duschen im Gästebadezimmer, wartet Kilian auf seine Mutter. Unter der Daunendecke auf dem weichen Kopfkissen wird es ihm schnell warm. Er verschränkt die Hände hinterm Kopf und starrt zur Zimmerdecke. Nach einer Weile kommt sie, winkt Kilian ein Gute Nacht zu, zieht den Gästebademantel aus und legt sich hin.

Mu?

Ja?

Kilian schwingt die Beine über die Bettkante. Er legt sich die Daunendecke um die Schultern und zieht einen Stuhl neben das Bett seiner Mu, und sie reden noch ein Weilchen leise miteinander. Miriams Mann, sagt Mu, der ist in mancher Hinsicht kaum anders als meine Mutter, deine Großmutter. Übertrieben konservativ. Deswegen …

Kilian winkt ab. Er will nichts Nachteiliges über seinen Schwager hören. Und sie braucht es nicht weiter zu erklären, warum sie noch nie hier waren, in dieser Schöner-Wohnen-Welt. Immerhin ist für Miriam sehr gut gesorgt, und für die Kinder auch. Miriam lernt Schreibmaschine und Englisch in der Volkshochschule in Steglitz. Sie besucht auch einen Malkurs. Sie wird schon in Amerika etwas finden, was sie glücklich macht, hofft Marianne. Oder jemanden, denkt Kilian in Mus Sinn weiter.

Aber vielleicht, sagt er und lächelt dabei wissend in sich hinein, vielleicht lieben sie sich und lassen es sich nicht anmerken.

Vielleicht, stimmt ihm Mu halbherzig zu. Susanne und Andreas jedenfalls, die werden später ihre eigenen Wege gehen. Hoffentlich erlebe ich das noch, sagt sie gähnend und drückt Kilians Hand. Und nun lass uns schlafen.

34

Am nächsten Tag wie auch am Sonntag werden die geplanten Programmpunkte abgehandelt: Gemeinsames Frühstück im Esszimmer, am Sonnabend Besichtigung des Gartens hinter dem Haus. Kleines Schwimmbassin für die Kinder, ein Rasen wie im Bilderbuch, den man sogar betreten darf, blühende Forsythiensträucher, Tulpen in allen Farben und so weiter, alles tipptopp von Miriam gepflegt. Als sich Kilian zum Bassin umdreht, sieht er Otto hinter dem Fenster seines Arbeitsraumes. Er steht da und beobachtet seine Familie und seine Gäste. Kilian wagt es, er hebt eine Hand und winkt ihm. Und was passiert? Otto verschwindet nicht. Er bleibt hinter seinem Fenster stehen und winkt zurück. Du seltsamer Papa, denkt Kilian. Er atmet ein paar Mal tief ein und aus, als wäre er lange gelaufen, und verkneift sich so seine Tränen.

Nach der Gartenbesichtigung fahren sie wieder Richtung Bahnhof Zoo. Sie lassen den Bahnhof links liegen und besuchen den Berliner Zoo. Kilian, der noch nie in einem Zoo war, kriegt sich gar nicht ein vor Begeisterung und Entzücken über die Tiere, die er bisher nur verkleinert aus Bilderbüchern und Fotobänden oder aus dem Fernseher kannte. Versonnen bleibt er vor den Käfigen und Gehegen stehen, beobachtet, wie sie laufen, springen, fressen, wie sie dastehen und vor sich hin blicken. Er stellt sich auf ein Bein wie ein Flamingo, staunt selbst, wie lange er das kann, unbewegt auf einem Bein – das ist der Flamingo in mir!, denkt er, stolziert weiter, gefolgt von der kichernden Susanne und dem juchzenden Andreas. Der Tierimitator zieht einen langen Giraffenhals, schreitet wie ein Kamel den Weg entlang und zieht dazu ein Kamelgesicht mit überhängender Oberlippe, schaut den ebenso zurückblickenden Orang-Utans im Affenhaus lange und weise in die Augen. Zoobesucher, die Kilians Show mitkriegen, amüsieren sich, lachen, einmal dreht sich Kilian um, verbeugt sich vor seinen Zuschauern. Miriam und Marianne bestaunen das schauspielerische Talent, Susanne und Andreas lassen sich vom tierischen Gehabe ihres Onkels anstecken. Papa ist ja nicht dabei, der würde uns das verbieten, sagt Susanne zu Kilian. Warum, fragt Kilian. Weiß ich nicht, antwortet Susanne und lacht.

Zu Mittag essen sie dann in einer Pizzeria am Tauentzien, deren galante, ein mit Italienisch durchsetztes Deutsch sprechende Kellner für Kilian das absolute Gegenteil zu den Grenzkontrolleuren darstellen. Kaffee und Torte im berühmten Café Kranzler am Kurfürstendamm. Kilian, Susanne und Andreas, aufgekratzt vom Tiertheater im Zoo, lassen sich mit Kakao und Kranzler Spezialtorte in Genussgebiete führen, wo sie sich zum

Vergnügen der Mütter in Grimassen und Gebärden des Wohlbehagens ergehen. Ich kenne meine beiden ja gar nicht wieder!, ruft Miriam aus. Ach, Kilian, schade. Sie seufzt, streichelt ihm über die Wangen und sagt nichts weiter. Kilian und seine Mutter verstehen.

Das Abendessen am Sonnabend, Brot und Aufschnitt, Scampisalat und Obst, wird wieder in der Wohnküche unter der wunderschönen Glasperlenlampe mehr oder weniger nichtssagend zelebriert. Die Kinder allerdings, sie erzählen ihrem Papa vom Zoobesuch. Der hört ihnen nickend und kauend zu, bis er sich den Mund abwischt, aufsteht und ihnen kurz die Köpfe streichelt. Ich muss noch arbeiten.

Danach sitzen sie mit Sherry und Miriams Zigaretten im Salon. Statt die Gläschen miteinander klingen zu lassen, werden sie dieses Mal nur leicht hochgehoben. Otto wird den Verlust des Sherryglases nicht bemerken, er trinkt höchstens mal einen Cognac im Cognacschwenker. Die Kinder haben sich freiwillig nach zärtlichem Abschied von Oma und Kilian verzogen, sie gehen wieder allein zu Bett, rufen ihre Mama nur zum Gutenachtkuss. Nach den Gutenachtküssen kommt Miriam zurück und zeigt auf den Kamin: Wollen wir Feuer machen?

Au ja! Lass mich mal versuchen, ruft Kilian.

Aber gerne!

Wohl wissend, dass er aufmerksam beobachtet wird, nimmt Kilian bereitliegende Zeitungsbögen auf, zerknüllt sie mit großen Gesten und legt die Papierbälle, betont sorgsam jedem einzelnen nachblickend, dicht an dicht auf den Boden des Kamins. Wie er es in einem Film mal gesehen hat, breitet er darüber Zunderholz aus dem Holzbehälter und zündet das Papier mit einem langen Streichholz an. Die Schachtel zu öffnen, mit spitzen Fingern ein Streichholz herauszufischen und den Zündkopf flott auf der Streichfläche entlangzuführen, dass er auf Anhieb brannte – eine perfekte Vorführung ist ihm da gelungen. Die dünnen Holzstücke fangen Feuer. Kilian begrüßt das Feuer mit anerkennendem Nicken und legt zwei, drei Holzscheite nach.

Als hättest du nie was anderes getan als Feuer machen!, ruft Mu aus.

Tja, gute Frauen, entgegnet Kilian mit amtlich gefärbter Stimme und dazu passendem Wichtiguergesicht – als Feuerwart steht man nun einmal mit dem Feuer auf Sie und Sie!

Beide Frauen halten sich die Bäuche vor Lachen. Der Feuerwart legt noch ein Holzscheit obenauf und setzt sich dann als ganz normaler Junge neben seine Mu.

Sie schauen in die Flammen, hören das entflammte Holz knistern, beobachten, wie die Flammen wachsen, sinken, aufflackern. Wie sie tanzen.

Nach einer Weile nimmt Kilian zwei Scheite aus dem Holzkorb, legt sie vorsichtig auf das fast abgebrannte Holz und freut sich, wie es wieder zu lodern beginnt. Alle drei spüren, sie müssen jetzt nichts sagen. Die Flammen erwärmen alle Gedanken an früher und heute und irgendwann. Ihr Schweigen führt sie zusammen. Dieser Moment, denkt Kilian, ist ein unendlicher Anfang. Lebensglücklich und todtraurig, ein paar Atemzüge lang.

35

Am Sonntag nach dem Frühstück fahren sie in die Nationalgalerie in der Nähe des Potsdamer Platzes und der Berliner Mauer. Während der Fahrt sitzt Marianne mit den Kindern hinten im Auto, damit die beiden wenigstens einmal ihre Oma ganz für sich haben.

In dem riesigen Kasten aus Glas sind Plastiken ausgestellt. Marmor- und Bronzeköpfe auf rechteckigen Säulen, Figuren von stehenden, knienden, sich bückenden, im Laufschritt angehaltenen nackten Menschen, in erholsamem Abstand voneinander. Oma Marianne zeigt Susanne und Andreas Tierplastiken und tanzende Faune. Kilian hört sie und die Kinder leise miteinander reden und lachen. Lange bleibt er vor der überlebensgroßen Statue eines muskulösen Marmormannes stehen. Der nackte Kerl bedroht jeden Menschen, der vor ihm Halt macht, also auch ihn, Kilian, breitbeinig dastehend, mit vorgerücktem Kopf und geballten Fäusten. Der wehrt sich doch nur, der ist innen drin ganz klein und schwach, das spürt Kilian. Er liest den Namen des Bildhauers und den Titel der Statue auf dem dazugehörenden Schild an der Wand: Der Bedrohte. Zufrieden mit sich geht er weiter, zu den anderen. Die Kinder drängeln. Beide Mütter wirken abgespannt.

Erschöpft von so viel Nähe, so viel Mühe, nichts falsch zu machen. Was nichts falsch machen auch bedeuten mag, denkt Kilian. Zum Abschiedsessen fährt Miriam ihre Kinder und Gäste zu einem Chinesen am Kurfürstendamm. Zeit für einen Abstecher nach Kreuzberg ist danach leider nicht mehr. Tränen und Rückfahrt nach Tingen.

Kilian, der aus allen erreichbaren Fenstern in diese Stadt hineinstaunte, hat verstanden, was seine Mutter meinte, als sie, im Zusammenhang mit ihrem Schwiegersohn, von der anderen Welt sprach, von der anderen Luft dort. Man atmet nicht nur mit den Lungen, auch mit den Augen und mit dem Herzen, es kann einen frösteln in jener anderen Welt. Er aber wird, das weiß er, in dem Berlin, das für ihn zählt, dieser lärmenden, quirligen Großstadt, wenn er da endlich lebt, seine Welt finden und freier atmen.

36

Sieht Kilian in der Schule oder zu Hause im Fernseher, den sie durch Sigrids Vermittlung gebraucht erstehen konnten, Filme über die Nazizeit, kommt es ihm bei manchen Szenen vor, als tippte ihm der Geist der Großmutter gegen die Stirn. Menschenverachtend im Tonfall, und wie sie ihren Mund verzog, als ob sie sich ekelte – Kilian hat es gespürt, als er noch gar nicht zur Schule ging. Schade, dass er und Miriam in Berlin nicht dazu gekommen sind, über die Zeit im Tingener Seeviertel zu reden. Sie hat schließlich von Anfang an ihre ganze Kindheit und Jugend unter der Vorherrschaft der Großmutter verbringen müssen. Miriam war ja ein eheliches Kind, ihr Vorhandensein bedeutete keine Schande, vielleicht hatte sie es etwas leichter.

Als er kein Kleinkind mehr war, vernahm er das eine oder andere Wort aus dem Mund der Großmutter, das sich wie eine Verwünschung anhörte. Wer ist der Russe, wer ist der Jude, auf diese bestimmende Weise gesagt, die sich jede Nachfrage und jeden Widerspruch verbietet. Was für Menschen sollen Untermenschen sein?

Mu stand auf und verließ das Zimmer, sobald ihre Mutter anfing, derart zu eifern. Kilian blieb sitzen und schämte sich. Diese abschätzigen Äußerungen, wenn im Radio oder Fernsehen von Wiedergutmachung und Friedensbemühungen die Rede war, diese verächtlichen Bemerkungen, mit denen sich die alte Frau über die demonstrierenden Studenten ausließ. In Berlin und Paris und London kämpfen sie gegen den muffigen traditionellen Gehorsam, also auch gegen solche starr Unverbesserlichen wie die Großmutter. Sie hat mitbekommen, dass ihr junger Enkel, dieser Nichtsnutz, der von Tuten und Blasen überhaupt noch keine Ahnung haben konnte, mit den Studenten sympathisierte. Ihre Bemerkungen sollten nicht nur die aufmüpfigen Studenten, sondern auch ihn miesmachen. Die schnellen, naserümpfenden Seitenblicke in seine Richtung, Kilian hat das nicht vergessen. Der Offizierswitwe schien es Spaß zu machen, ihn und andere mit Blicken und Worten herabzusetzen.

37

Aber auch die Tochter der Offizierswitwe, seine eigene Mutter, war mit einem Nazioffizier verheiratet gewesen, einem Unteroffizier, das hatte sich Kilian schon lange aus allen möglichen Bemerkungen der Großmutter zusammengereimt. Miriam wurde einundvierzig geboren, mitten im Krieg, fünfzehneinhalb Jahre, bevor er auf die Welt kam. Miriams Vater, der Ehemann von Marianne, der nicht Kilians Vater war – der hat den Irrsinn des Krieges erkannt. Sein Gewissen hat es nicht mehr ausgehalten, bei den mörderischen Feldzügen gegen den Feind mitzumachen, hirnlos Befehle zu erteilen, Menschen, Städte und Dörfer zu zerbomben. Neunzehnhundertzweiundvierzig hat er sich das Leben genommen, irgendwo in Russland. Er hat sich erschossen. Ein Deserteur. Die unehrenhafte Handlung ihres Mannes war der Mutter in einem amtlichen Schreiben mitgeteilt worden.

Offizierswitwen erhalten vom Staat dicke Renten. Kilians Mutter, die Witwe des Helden, ist Sozialhilfeempfängerin und verdient sich mit Ausbesserungsarbeiten, die ihr Sigrid Hönig über einen Aushang in ihrem Friseurladen beschafft, ein bisschen was dazu. Sigrid bringt Marianne die Sachen zum Ausbessern und nimmt sie ausgebessert und gebügelt auch wieder mit zu ihren Kundinnen in den Salon. Den kleinen Lohn nimmt sie in Empfang und überreicht ihn ihrer Freundin beim nächsten Treffen in einem Briefumschlag.

38

Das abweisende Verhalten der meisten Leute in der Gegend, wo Kilian und seine Mutter wohnen, ärgert Kilian schon lange nicht mehr jedes Mal, wenn er damit konfrontiert wird; manchmal scheint er es wochenlang gar nicht wahrzunehmen. Seine Mutter lässt er damit in Ruhe, sie reden nicht mehr darüber, er hat sie schon genug warum und wieso gefragt. Sie hat recht mit allem, was sie sagt, umso mehr hat sie recht, als es ihr gar nicht darum geht, recht haben zu wollen. Er hat ihr innerlich ganz und gar zugestimmt, wenn sie ihm diese Kälte ihnen gegenüber erklärte und vermutete, sie wären in ihren Herzen ganz schön arm dran, trotzdem ertappt er sich noch immer bei der Vorstellung, Feuer zu legen und das Haus, ach was, die ganze Straße abbrennen zu sehen. Ohne die Leute auch nur anzusehen, spürt er diese Spannung, als sollte gleich das Haus platzen, die Straße in die Luft fliegen. Schon lange nicht mehr muss er die Fäuste im Bauch ballen, was nämlich auf Dauer ganz schön anstrengend ist, doch nach wie vor empfindet er die unvermeidbaren Begegnungen als nicht normal. Sich an diese Atmosphäre zu gewöhnen, sie wenigstens gleichmütig hinzunehmen, sie abzuhaken, so wie seine Mutter es tut, bringt er nicht fertig. Immerhin gelingt es ihm inzwischen, im Vorbeigehen ein hochnäsiges Gesicht zu ziehen. Oder er grinst verächtlich. Vor dem Spiegel im Badezimmer hat er verächtlich Grinsen geübt.

39

Eines Tages, Kilian und seine Mutter wohnen bereits fast sechs Jahre in der Siedlung, geht wieder einmal jemand auf der Treppe an Kilian vorbei. Im Vorbeigehen fühlt sich Kilian kurz an einer Schulter berührt, der andere hat es sicher gar nicht mitbekommen. Die zarte Berührung, das ganze Gegenteil des Gesichtsausdrucks, löst etwas wie den Abrutsch einer Lawine in Kilian aus. Finde endlich das Wort, donnert es in ihm, mit dem du diese Leute abschießen kannst!

Er springt die letzten Stufen hoch, knallt die Wohnungstür hinter sich zu, ruft nicht wie sonst: Ich bin's! in Richtung Mu, öffnet und schließt stattdessen geräuschvoll die Tür zu seinem Zimmer und wirft sich aufs Bett. Das war ja eben wie ein Überfall auf sich selbst. Erst mal muss er ruhiger werden. Er atmet ein paar Mal tief ein und aus, dann fängt er an zu grübeln und kommt als Erstes auf verbissen. Sehr originell, tadelt er sich. Verbissen trifft auf den Ausdruck der Lippen und Augen und Nasen und Kinnladen zu, ist aber schon Millionen Mal gebraucht worden, das würde jedem einfallen, damit hilft er sich nicht. Er will diese Gemeinheit ein für alle Mal auf seine eigene Weise treffen, damit sie ihm dann nichts mehr anhaben kann.

Gang für Gang durchforstet Kilian auf dem Rücken liegend mit geschlossenen Augen das Labyrinth seiner Sprache. Er kennt das von sich. Wenn ihn diese gespannte Unzufriedenheit hinter der Stirn drückt, muss er erst mal alles andere links liegen lassen. Er schließt die Augen, hält seinen Kopf ganz still und steigt hinunter in die langen, unordentlich voneinander abzweigenden Gänge. Da fahndet er nach dem Wort, das er braucht, einem Wort wie eine seltsame Farbe, wie die Hand des Pantomimen, wie japanische Pinselstriche. Jetzt aber, schon auf der Treppe, als der Anlass seiner Erregung längst an ihm vorbei ist, jetzt, auf seinem Bett, will er ein Wort oder eine Zusammenstellung von Wörtern bar jeder Art von Zauber oder Malerei; was er zu seiner Entlastung braucht, soll so präzis wie möglich zielen, es soll den gerade eben wieder passierten und zugleich dauernden Anlass für Ärger, Wut, Traurigkeit mit einem einzigen, sicher geführten Stich durchbohren, zunichtemachen. Nach verbissen zeigen sich die Wörter zugezogen, verschlossen, stur; alle nicht falsch, doch keines trifft wirklich diesen unerträglichen Gesichtsausdruck. Zu allgemein, zu harmlos. Eiserner Vorhang, das wäre es. Doch der Begriff ist bereits politisch besetzt.

Als ihm Eiserner Vorhang einfällt, kommt Kilian darauf, dass nicht nur Einzelpersonen oder Gruppen zu ihrer Selbstbestätigung andere Personen oder Gruppen missachten und schikanieren. Ganze Völker brauchen offenbar bis heute zum Beweis ihres Vorhandenseins ihren Hass auf andere Völker. Der Geschichtsunterricht besteht doch von Anfang an mehr oder weniger aus Informationen über hassende Völker. Als ihm das einfällt, springt er vom Bett, will was trinken, Durst hat sein Verlangen nach Wortmunition vorerst gelöscht, das Labyrinth hat ihn entlassen, er nimmt sich in der Küche ein Glas, lässt Wasser hineinlaufen.

Mutters Nähmaschine tackert.

40

An einem der nächsten Tage geht wieder einmal ein Ehepaar auf der Treppe grußlos an Kilian und seiner Mutter vorbei. Da ruft Kilian plötzlich: ha!, schlägt sich mit der rechten Faust in die linke Hand und dreht sich um. Vernehmbar dröhnt es durchs Treppenhaus: Versauter gepresster Sauerteig!

Das Ehepaar empört sich laut murmelnd über den Lärm, den dieser Bengel macht. Kilian kichert triumphierend, und die Mutter wundert sich wieder einmal über ihren eigenwilligen Sprössling. Scheinbar aus dem Nichts und blitzschnell entschlüpfen dem Jungen Wörter und Ausdrücke, die ungewöhnlich sind und doch genau zu einer Stimmung am Himmel, einer Farbe, einem Riecher passen.

Empfindungen aufzufangen, Beobachtungen festzuhalten, schöpfen zu spielen, Wörter in die Luft zu werfen und verwandelt wieder aufzufangen, dafür, für diese einsame, unbändige, wunderbare Lust am Formulieren ist ihm das riesige Lager da, dieses unüberschaubare Wörterangebot, seine Sprache. Niemandem, nicht einmal der Mutter, könnte Kilian das erklären. Selbst wenn er es erklären könnte – er wollte es nicht. Mein Träumer, sagt sie zu ihm und streicht ihm über den Kopf, oder sie denkt es sich nur, um ihn nicht zu stören, wenn sie ihn beobachtet, wie er vor sich hin schaut, als sähe er gerade irgendwo am Ende seines Blickes etwas Unbestimmtes, nur für ihn Bestimmtes.

Als sie nun aber versauter gepresster Sauerteig aus dem Mund ihres Sohnes vernimmt, weiß sie nicht und ahnt auch nicht, was er damit gerade meint. Mein Sohnemann flucht sogar auf seine Weise, denkt sie, schüttelt lächelnd den Kopf und schließt die Wohnungstür auf.

Kilian sagt nichts weiter. Er hängt seine Jacke an den Garderobenhaken, springt in sein Zimmer und beginnt ein zorniges Gedicht.

41

Manchmal, wenn er die Haustür geöffnet und leise hinter sich geschlossen hat und die Steintreppen hochgeht, kommt Kilian das Haus derart leblos vor, dass er sich, wenn er die Stufen unter seinen Sohlen knirschen hört, bei einer von ihm selbst als hirnrissig empfundenen Erwartung ertappt. Eine Tür müsste aufgehen, jemand müsste den Kopf rausstrecken und schimpfen, ihn, Kilian dafür beschimpfen, dass es einen Jungen wie ihn gibt, diesen Bankert. Er stellt sich vor, wie er dann in aller Ruhe mit erhobenem Kopf an dem Gezeter vorbei nach oben schreitet.

Nicht nur ein Mal hat er jemanden hinter seinem Rücken verächtlich zischeln gehört: Bankert, der. Er hat es genau gehört. Was das Wort Bankert bedeutet, hat Kilian seine Mutter nicht gefragt und auch sonst niemanden. Er hat im Brockhaus nachgeschaut. Er schüttelt den Kopf über seine Spleenigkeit und fragt sich, was für einen Gewinn oder Genuss er davon hätte, wenn das wirklich mal passierte, dass ihn jemand vor seiner Nase als uneheliches Kind beschimpft. Nichts hätte er davon, außer einer erneuten Bestätigung dafür, in einer Gegend dieser Welt zu leben, wo Menschen wie er und seine Mutter nichts zu suchen haben sollen und nichts zu finden. Menschen, die keine Gardinen und keinen Gottesdienst brauchen.

42

Nicht jede Freitag- oder Samstagnacht, aber mindestens einmal im Monat wird Kilian von Poltern und Kreischen im Treppenhaus, eine Treppe tiefer, aus dem Schlaf geschreckt. Stimmen überschlagen sich, Türen werden zugeknallt und wieder aufgerissen. Kilian zieht sich die Decke über den Kopf. Am Wochenende sich volllaufen lassen, die Kneipe ist ja gleich um die Ecke, am Sonntag dann in die Kirche, singen, beten und beichten. Der Weg zur Kirche führt an der Kneipe vorbei. Kneipe, Kirche, Krach, ha ha. Jetzt hör mal auf, befiehlt sich Kilian und dreht sich unter seiner Bettdecke auf die andere Seite, und während sie im Treppenhaus weiter krakeelen, dreht er sich zur Wand und stellt sich vor, Matthias läge neben ihm.

Matthias sitzt seit dem letzten, dem neunten, Schuljahr in der Reihe vor ihm, neben Martina. Neben Kilian sitzt Heinz, dessen Lieblingsfach Physik ist, er und Kilian haben sich nicht viel zu sagen, aber sie vertragen sich. Heinz ist ein Fußballertyp. Am Springbrunnen dreht er auf mit Sprüchen. In den Hofpausen und nachmittags auf dem Marktplatz steht Kilian, wenn er hinkommt, mit Matthias und den anderen locker zusammen. Die meisten Jungen reden gern über Mädchen, jedenfalls dann, wenn keine in der Nähe sind. Ob

Mädchen auch für Matthias so wichtig sind, hat Kilian noch nicht herausbekommen. Ansonsten tauscht man sich über Filme und Sportereignisse aus. Über Filme redet Kilian entschieden lieber als über Mädchen und Sport, beides ist nicht sein Thema. Damit das niemand merkt und sich darüber auslässt, nickt er und lächelt irgendwie, wenn von der einen oder anderen Hübschen die Rede ist, doch lieber lenkt er von den gängigen Themen ab und gibt den Clown.

Matthias' langer muskulöser Rücken, den Kilian sonst nur lesend oder schreibend übers Heft gebeugt ansehen kann, atmet an seiner Brust. Sekundenapoll. Der knackige Hintern vor Kilians Augen, wenn sich Matthias träge vom Stuhl erhebt, schmiegt sich in seinen Schoß. Kilian schluckt, seine Hände runden sich zum Zupacken.

Niemand bekommt seine scheuen und genauen Blicke zu Matthias mit und wie er, um nicht zu seufzen, die Lippen zusammenpresst. Dieser greifbar nahe, helle Körper, wie gern würde er ihn in Wirklichkeit berühren. Grünäugiger Leuchtmuskel. Könnte er einfach aufspringen, Matthias umarmen, ihn an sich ziehen, mit den Fingerspitzen durch das weiche Stoppelfeld fahren. Berauscht atmend gibt sich Kilian seiner Sehnsucht hin. Er ist da, er lebt, seine Hände, sein Mund, seine Haut hungern nach dem anderen, schmiegen will er sich an ihn, ganz und gar ergriffen sein, ja, es gibt ihn, er ist unverwechselbar. Für dieses ziehende, strömende Drängen will Kilian gar kein anderes Wort als Sehnsucht. Und er genießt die Verwunderung darüber, dass es ein Junge ist, nach dem er sich sehnt. Der Lärm draußen verliert sich in seinem Atem, mit Kribbeln in den Händen schläft Kilian ein.

Beim Frühstück reden sie nicht über die aggressive Ruhestörung in der Nacht, die Mutter sicher auch mitbekommen hat. Als er einmal davon anfing, unterbrach sie ihn. Ach, lass sie doch. Die Armen, sie brauchen ihre Wut, sagte sie und sah dabei traurig aus.

Sie brauchen ihre Wut. Darüber musste Kilian eine Weile nachdenken.

43

Kilian und alle Leute, die in Tingen leben, brauchen, anders als in Berlin, keinen Bus, keine Straßenbahn, die alltäglichen Ziele innerhalb der Stadt sind mehr oder weniger einfach und schnell zu Fuß oder mit dem Fahrrad zu erreichen. Nicht nur die Kneipe, auch der Tante-Emma-Laden mit der freundlichen Inhaberin, die sich offenbar um das Gerede nicht schert und sich mit einem Zwinkern darauf einlässt, der Mutter, wenn es mal gar nicht anders geht, ein, sogar zwei Mal eine Kaufsumme bis zur nächsten Sozialhilfe anzuschreiben, sowie eine Bäckerei befinden sich kaum hundert Meter von der Wohnung entfernt in der Straße um die Ecke.

Kilian besitzt ein altes Fahrrad aus dem Schuppen im Garten der Großmutter, er hatte es mit Mus Hilfe geputzt, die Kette geölt, die Reifen, die zum Glück heil waren, aufgepumpt und es an der Laterne vor dem nächsten Haus abgestellt. Nachdem man ihm das zweite Mal die Luft aus den Reifen gelassen hat, gnädigerweise oder weil man kein Messer dabei hatte, hat man nicht hineingestochen, lässt er es am geschützten Fahrradständer auf dem Schulgelände stehen. Auch am Bahnhof, der ebenfalls nicht weit weg ist, wäre es ihm nicht sicher genug. Die meisten Wege erledigt Kilian ohnehin zu Fuß.

44

Mitten auf dem Platz, am Springbrunnenrondell, gut sichtbar und zu hören für die Leute, versammeln sich am Nachmittag Gymnasiastinnen und Gymnasiasten der höheren Klassen, um zu quatschen, zu rauchen und zu flirten. Zwei, drei Mal in der Woche ist auch Kilian dabei. Manchmal, wenn es spät genug geworden ist, holt er, wenn sich die Gruppe aufgelöst hat, Sigrid von ihrem Friseurladen ab, und sie gehen gemeinsam nach Hause.

Er geht etwas später los. Er weiß, er geht immer viel zu schnell. Auf keinen Fall will er einer der Ersten am Springbrunnen sein. Also zwingt er sich, kaum hat er das Haus verlassen, so zu tun, als ginge er einfach nur so spazieren. Junge, bleib ruhig, brummt er ärgerlich. Es ist jedes Mal dasselbe. Wenn er sich entschlossen hat, zum Treffpunkt zu gehen, fühlt er sich aufgeregt wie eine Henne. So innerlich gackernd. Und doch lauert in ihm auch ein Gefühl von Überdruss, als müsste er zu einer Pflichtveranstaltung.

Kaum hat er den Marktplatz erreicht, sieht er sie am Springbrunnen verbündet beisammen stehen. Haben sie ihn auch schon gesehen? Matthias' Weizenschopf schimmert über die Köpfe der anderen hinweg. Kilian merkt, wie er rot wird, innen und außen, doch nach ein paar Schritten hat der Schauspieler in ihm den befangenen Außenseiter ausgetrickst. Wie ein Automat verfällt er in seinen lässigen Gang, seinen Schlendergang. Der ist für Waschmaschinen nicht vorgesehen, wohl aber für Kilians Showprogramm. Er ist sich wieder nicht sicher, sehen sie ihm nun alle, vor allem Matthias, erfreut entgegen, oder glotzen sie nur zufällig zu ihm hin. Wie auch immer, Unsicherheit lässt sich so ein lässiger Typ wie er nicht anmerken. Als er die Gruppe bis auf ein paar Schritte erreicht hat, stellt er den Schlendergang ab und knipst eine seiner anderen Vorführnummern an. Kopiert perfekt den forschen Gang des Geschichtslehrers, wenn dieser die Klassentür geschlossen hat und aufs Lehrerpult zustrebt, nimmt dessen Körperhaltung und Stimme an, und während sich die anderen, auch Matthias, das bekommt Kilian aus den Augenwinkeln mit – während sie sich noch kringeln vor Lachen, fischt er mit spitzen Fingern einer Klassenkameradin eine Zigarette aus der hingehaltenen Schachtel: Also die Römer, meine Herrschaften, die wussten zu feiern. Feuer?

Man reicht es ihm lachend.

Ist Kilian dabei, kommt Stimmung auf. Die Mädchen stoßen sich prustend bei den Ellbogen an. Matthias grinst vergnügt und sieht genauso erwartungsvoll wie die anderen zu ihm hin, diesem komischen Kilian. Die meisten mögen ihn ganz gern, das weiß er. Mögen sie ihn, weil er freundlich und hilfsbereit und alles andere als dumm ist, oder mögen sie ihn nur dafür, dass er sie unterhalten kann, irgendwie anders ist, eine Farbe verkörpert, die sonst nicht vorkommt?

Nicht nur die anderen, durchaus nicht alle von ihnen, doch so viele, dass er sich beinah jeden Tag herausfordernd damit konfrontiert sieht – nicht nur die anderen sind es, die sein Anderssein und das der Mutter auf ihre Weise kommentieren. Wenn sich Kilian im Badezimmer einschließt und sich lange im Spiegel in die Augen sieht und schluckt und versucht, sich anzulächeln, wenn sich seine Stirn samt ihren Pickeln runzelt und er sich fragt, wer das ist, dessen Mundwinkel zucken, dann kommt er immer wieder darauf, dass er es wohl schon gespürt hat, als er noch im Bauch seiner Mutter war. Ihre Furcht und ihre Zuversicht, ihre Scham, alle möglichen widerstreitenden Gefühle, auch Angst, sind mit ihrem Herzschlag in ihm angekommen.

Er muss wegsehen von seinem Spiegelbild, er muss das Handtuch vom Haken nehmen, sich auf den Rand der Badewanne setzen und seine Augen trocknen.

45

Der Spiegel ist Kilians unheimlicher Zeuge.

Veränderungen in sich selbst, oder wie soll er es nennen, dieses großgeschriebene Selbst, das er in sich drin ist, diese Mischung aus Denken und Fühlen und Spinnen und Träumen. Das kann niemand sehen, das lässt sich überspielen. Ihm, Kilian, dem Schwachkopf, was Einsicht in die Gesetze der Mathematik und Geometrie anbetrifft, ausgerechnet ihm fällt, ha ha, im Zusammenhang mit seiner Selbstbeobachtung ein Beispiel aus der Winkelmessung ein. Nur ein paar Grad weiter vom Winkel seines Blicks in die Welt und seine gewohnte Unbefangenheit beginnt zu verschwinden. Er blickt in eine Richtung, die ihm vieles, was er beobachtet und denkt, schwerer und bedeutsamer erscheinen lässt. Auf den Spaziergängen mit seiner Mutter und Sigrid geht er für sich allein ein Stück hinter ihnen. Er ist es gewohnt, dabei vor sich in den Boden hineinzuschauen und mit sich allein Wörterfinden zu spielen. Aber er kann nicht ununterbrochen vor sich hinstarren. Er ertappt sich dabei, die schweigenden, schwatzenden, lachenden Frauen vor ihm beim Gehen zu beobachten. Er sieht es nicht nur und denkt sich nichts dabei, sondern stellt es seit einiger Zeit fest wie mit dem Blick des Fotografen, dass beide ganz schön dicke Hintern haben. Dass seine Mu ihre Schultern etwas schief hält und Sigrid einen Fuß leicht einwärts dreht, also, wie man so schön sagt, übern Onkel geht. Wer hat sich diese Redewendung ausgedacht, und warum? Er denkt nach über ein Wort, in dem diese wackligen Rundungen liebevoll aufgehoben sind, und findet keines, jedenfalls nicht auf die Schnelle. Statt eines plastischen Wortes kommen ihm Gedanken darüber, dass kein Mensch und kein Ding so bleibt wie am Anfang. Die Bäume verlieren im Herbst ihre Blätter, und im Frühjahr sprießen neue. Wäre er ein Baum, eine Buche wie die, an der er gerade vorbeigeht, in welcher Jahreszeit befindet er sich gerade? Im Frühjahr? Mag ja sein, was das Wachstum anbetrifft, aber seine Gedanken fühlen sich oft an, als wäre Herbst. In allen Farben und vom Vergehen bedroht. Bei seiner Mu würde er gern das Kind bleiben, das er für sie ist und das sie kennt. Aber auch vor ihr kann er nicht verstecken, dass er schon lange dabei ist, das Kind zu verlassen.

Der werdende Mann springt ihm im Badezimmer übers Waschbecken hinweg gnadenlos ins Gesicht. Er beugt sich vor, sieht sich ganz nah. Die Haut ums Kinn, auf den Wangen und unter der Nase erscheint ihm dunkler als gerade eben noch, seine Fingerspitzen, die auf den dunklen Stellen entlangtasten, fühlen etwas Raues. Bart, was sonst. Wenn das so weitergeht, wird er sich bald rasieren müssen. Keine Ahnung, wie das geht. Sigrid Hönig, fällt ihm ein, die wird er um Rat fragen. Er hebt die Arme, unter deren Achseln es juckt. Achselhaare verstecken sich da. Haare auch über seinem Penis. An die scheußlichen Pickel auf der Stirn und auf seiner Brust hat er sich gewöhnt, auch daran, dass er sie aufkratzt und das Blut mit Papiertaschentüchern abtupft. Die verschwinden bald, tröstet ihn Mu, und: Wenn du viel kratzt, bleiben Narben zurück. Sie sagt ihm auch, als ob er das nicht schon seit einiger Zeit selbst wüsste, dass er dabei ist, vom Jungen zum Mann zu werden, und dass diese Pickel und alles andere, auch seine noch tiefer werdende Stimme, mit den Hormonen zusammenhängen.

Was Hormone sind, brauchte er sie nicht zu fragen. Sie reden ohnehin nicht viel über solche Sachen. Über was eigentlich reden er und Mu nicht? Über alles Mögliche, was ihm in und an sich selbst auf einmal so anders vorkommt, reden sie durchaus, jedenfalls hin und wieder. Aber darüber? Er macht manchmal schon den Mund auf für seine Frage, ob es normal ist, dass er Mädchen zwar mag, sie ihn aber in seinem Herzen, seinen Gedanken und in seinen heimlichen Wünschen nicht beschäftigen. Er schließt den Mund gleich wieder. Sie könnte ihn beunruhigt anschauen und dann vielleicht sagen: Warte ab, lieber Sohn, oder so was Ähnliches. Was auch immer sie zu ihm auf seine ungefragte Frage sagte, ihre Antwort, ahnt er, würde ihn enttäuschen.

Über die Studentenbewegung reden sie beim Essen und bleiben, wenn sie aufgegessen haben, statt abzuräumen, noch eine Weile sitzen und reden weiter. In Berlin und anderen Städten, in denen Universitäten sind, demonstrieren Studenten seit den sechziger Jahren, gegen Ende der Sechziger immer vehementer, gegen die alten Nazis auf Ministersesseln, gegen den vermufften Geist in den Köpfen vieler Professoren und gegen den amerikanischen Krieg in Vietnam. Beide, Mutter und Sohn, würden da mitdemonstrieren. Mu würde begreifen, dass auch die ganze sexuelle Verklemmtheit und Verlogenheit zum alten Muff gehören.

Sexuelle Befreiung, wo hat er die Wörter her? Fernsehkommentare, Spruchbänder. Frau Frei, die Biologielehrerin, kein Wunder bei dem Namen, hat sich von dem neuen Geist anstecken lassen, sie hat die Veränderungen am Körper und das Warum mit ihnen offen besprochen, und wenn es sich ergibt, spricht sie weiter mit ihnen darüber. Über die Pubertät. Sie sagt ihnen ganz locker, dass es auch zur Pubertät gehört zu kichern und sich anzustoßen und so weiter, sobald über das Thema Nummer eins gesprochen wird, die Sexualität. Dass man sich aber als Junge mit allem, was in einem drin und was an einem dran ist, nach einem Jungen sehnt, das spricht auch sie nicht an. Einmal deutete sie etwas von sexuellen Präferenzen an, sprach dieses komische Wort aus, das sich natürlich in seinem Kopf festhakte, doch sie korrigierte sich gleich und sagte: Vorlieben, und dass diese sexuellen Vorlieben in der Zeit der Pubertät entstehen. Niemand fragte nach, erst recht nicht er, niemand drehte sich zu ihm um. Seine Stimme, komischerweise, die hat schon angefangen, immer tiefer zu werden, seit er elf ist. Er hat die tiefste Stimme von allen Jungen in seiner Klasse. Matthias zum Beispiel, der krächzt manchmal ganz schön, vor allem, wenn er lacht.

Kilian hört Matthias so gerne lachen.

46

Als der Zweite Weltkrieg in Geschichte durchgenommen wird, fragt Kilian seine Mutter danach aus, wie sie den Krieg erlebt hat. Sie erzählt ihm, dass diese Kleinstadt, Tingen, in der sie aufgewachsen ist und nun auch mit ihm lebe, kaum etwas vom Krieg mitbekommen beziehungsweise abbekommen habe – strategische Gründe, wirft Kilian ein, wegen der Waffenfabrik im nächsten Ort – dass du dir das gemerkt hast!, Mu schüttelt den Kopf –, ganz richtig, das war der Grund. Nur durch die Meldungen im Rundfunk bin ich über den Verlauf des Krieges informiert gewesen.

Aber dein Mann, fragt Kilian, Miriams Vater, der war doch mehr als ein einfacher Soldat, der war doch Offizier oder so.

Unteroffizier, sagt sie, und ihr Gesicht sieht auf einmal bekümmert aus, wie das Gesicht einer sehr alten Frau. Er merkt, es fällt ihr schwer zu antworten, als er sie fragt, wie, also in welcher Funktion Miriams Vater seinen Beitrag zum Dritten Reich geleistet hat und wo er geblieben ist. In Russland oder in Frankreich oder wo?

Sie schluckt und steht vom Stuhl auf und setzt sich wieder und kratzt sich am Kopf. Sie seufzt und starrt vor sich hin, als müsste sie ihm etwas Unaussprechliches sagen.

Kilian wartet.

Sie hört nicht auf, vor sich hin zu starren, als sie endlich redet. Kilian muss den Kopf vorrücken und sein rechtes Ohr nah zu ihr hinhalten, weil sie so leise spricht.

Einmal, beim Fronturlaub, Miriam war schon in meinem Bauch, da hat er furchtbar geweint und mir gestanden, dass er nicht mehr bereit ist, da weiter mitzumachen, er wüsste nur noch nicht, auf welchem Wege er das hinbekommen könnte aufzuhören. Aufhören, ja, so hat er es gesagt, das habe ich mir genau gemerkt, aber ich habe da nicht aufgehorcht, habe nicht weiter nachgebohrt, empfand ich doch ebenso wie er. Ach, schon viel eher als er, von Anfang an hab ich den Wahnsinn gesehen, hab doch von Anfang an nicht mitgemacht! Aber das weißt du doch schon alles. Miriam weiß es auch.

Ein verlegener Blick zu Kilian.

Er will ihren Blick festhalten, er will, dass sie ihm in die Augen sieht, wenn sie ihm das alles sagt, aber sie schaut gleich wieder so traurig vor sich hin. Doch als hätte sie seinen Wunsch gespürt, hebt sie auf einmal ihren Kopf und sieht ihn an.

Mein lieber Kurt, der war am Anfang und noch eine Weile danach ganz begeistert, das hab ich nie verstanden, hab es auch nicht ganz ernst genommen, gestritten haben wir uns und dann aber das Thema fallen gelassen. Wir haben uns doch so sehr geliebt. Und darum habe ich ihn nur gestreichelt und getröstet und ihm gesagt, dass ich ihn verstehe, als er bei einem Fronturlaub weinte und sagte: Ich will aufhören.

Sie senkt den Kopf noch tiefer und schüttelt ihn. Sie schmeißt ihre Tränen aus sich raus, so kommt es Kilian vor, sie nimmt ihre ganze traurige Geschichte und schüttelt sie wütend, sie will das alles endlich los sein und weiß, es ist nicht möglich. Was sie da eben gesagt hat, denkt er, es gehört zu ihrem Leben. Man wird sein Leben und alles um sein eigenes Leben herum nicht los, außer, man macht sich tot, so wie ihr Kurt.

Er steht auf und holt ein Päckchen Papiertaschentücher aus der Schublade der Kommode. Er öffnet das Päckchen, zieht ein Taschentuch heraus und reicht es ihr. Sie putzt sich die Nase, tupft die Tränen ab. Als sie damit fertig ist, nimmt er ihre beiden Hände in seine Hände und streichelt sie und fühlt sich erwachsen.

Dein Mann, Mensch, das war ein Held, du kannst so stolz auf ihn sein.

Der fünfzehnjährige Kilian empfindet selbst so etwas wie Stolz, dass er das so fest zu seiner Mutter sagen kann. Und er setzt, wenn sie schon dabei sind, gleich noch eins drauf: Ich mach da nicht mit, ich werde den Wehrdienst verweigern, ich geh nach Berlin, wenn es so weit ist.

Was er denkt, behält er lieber bei sich. Ich wäre so gern sein Sohn. Und weil er das denkt, macht sich seine alte Frage ganz schwer in ihm, so groß und so schwer, dass er geplatzt wäre, hätte er sie nicht endlich laut werden lassen. Mu spricht über ihren Mann, den Vater von Miriam, aber über meinen Vater spricht sie nicht. Kein Wort über ihn. Verdammt noch mal, das ist ungerecht. Sie hat mir eben das eine gesagt, dann kann sie mir auch gleich noch das andere sagen. Dann haben wir es hinter uns. Ich bin kein kleines Kind mehr, das weiß sie so gut, wie ich es weiß. Warum, verdammt, sagt sie mir nicht, wer mich mit ihr zusammen gemacht hat, warum? Die Großmutter, ihre Mutter, die mich nicht wollte, die ist doch nun schon lange tot. Ist mein Vater auch tot? Lebt er? Und wenn er lebt, wo lebt er? Vielleicht sieht er mich jeden Tag, und ich weiß es nicht, ich merke es nicht.

Marianne nickt ihm zu und streicht ihm mit der Hand über den Kopf. Sie steht auf.

Ich hol uns was zu trinken. Was magst du? Orangensaft?

Kilian runzelt die Stirn.

Marianne nimmt sein Schweigen als Zustimmung und wendet sich ab, um in die Küche zu gehen. Er aber steht schnell auf, wirft sich die Jacke über, huscht an der geöffneten Küchentür vorbei, die Mutter hat es vielleicht gar nicht bemerkt.

Aber gehört wird sie haben, wie er die Wohnungstür zuwirft. Er rennt erst, dann geht er. Er geht zu den anderen.

Der Clown.

47

Auf seinen Wegen zur Schule und zum Springbrunnen sieht er sie beieinander. Dann fällt es ihn immer wieder an, das andere. Er fühlte es schon, bevor er in die Schule kam. Die Großmutter hat es ihm vorgeworfen, ohne ein Wort zu sagen, nur dadurch, wie sie ihn ansah. Seit sie in der Stapelkette wohnen müssen, beweisen es ihm und der Mutter die Nachbarn und manche Leute auf der Straße mit ihren Sauerteig-Blicken, ihrem Gerede, ihrem plötzlichen Schweigen. Sonnabends kauft er beim Bäcker um die Ecke Brötchen, zwei für sich, eins für die Mutter, öfter auch noch eins für Sigrid Hönig, und ein halbes Graubrot für das Frühstück am Sonntag und Montag. Kundinnen unterbrechen ihren Schwatz, kaum dass er den Laden betreten hat. Diese gierige Stille, reinhauen könnte er da. Er könnte es, doch er hat sich darin geübt, darüber wegzusehen und wegzuhören und seinen Mund in Richtung Überheblichkeit zu verziehen. Sein Anderssein begleitet ihn, sobald er die Wohnung verlässt, es beobachtet ihn im Treppenhaus, auf der Straße, im Unterricht. Ein wackliger Kameramann läuft neben ihm her, nimmt jede seiner Äußerungen auf, spielt sie ihm im selben Augenblick vor und gibt seinen Kommentar dazu. Das war ganz gut! Das war eine glatte Eins! Oder aber:

Das nächste Mal bitte überzeugender!

Der wacklige Kameramann, das ist er selbst.

Das Anderssein verschwindet nicht, wenn er mit ihnen läuft und redet und lästert und sie mit seinen Bemerkungen zum Lachen bringt, mit seinen treffenden menschlichen Tiervergleichen, seinen tiefsinnigen Beobachtungen, die er so locker rüberbringt, dass man einfach lachen muss und mehr davon hören will. Sein Lachen klingt wie ein Kontrabass, dessen Saiten im Klangkörper tanzen. Noch ehe er sich auf den Weg zur Schule macht, drückt ihn schon wieder diese Ahnung, anders zu sein, das Anderssein ist um ihn herum, wenn er bei ihnen sitzt, schreibt, zuhört, antwortet. Niemals lässt es ihn los. Es ist Teil von ihm und gehört doch nicht zu ihm, er will es nicht und muss es doch mit sich schleppen, er muss darüber hinwegreden und -lachen, das Geheimnis, um das sie wissen, die anderen. Geheimnis, das Wort wird später eine der dunklen Farben in seinen Gedichten sein.

48

Kilian ist als Schüler das, was Lehrer in ihrer Lehrersprache lebhaft nennen. Seine schräge, zittrige Schrift könnte die eines Linkshänders sein, aber Frau Merz lässt sie ihm durchgehen. Was hätte sie auch davon, Kilian wegen seiner Schrift zu tadeln, sie würde davon nicht lesbarer. Irgendwie, findet sie sogar, passt diese eigenartige Krakelschrift zu diesem Schüler. Sie ist so wenig artig wie die Schreibweise seiner Haus- und Schulaufsätze. Ihr Schüler Kilian steigt in jedes Thema wie auf einen Baum. Er klettert darin auf seine kreuz und quer denkende Weise herum, bis er im Wipfel angelangt ist, von dem aus er am Schluss eine derart pointierte Zusammenfassung formuliert, dass Frau Merz, ob es sich nun um die Zeitverzweiflung in den Dramen des Heinrich von Kleist oder um die Betrachtung des Begriffs Sozialneid oder um die Interpretation von Kafkas Josefine die Sängerin oder Das Volk der Mäuse handelt, manchmal vor Entzücken eine Gänsehaut bekommt. Damit aber niemand denkt, sie bevorzuge Kilian, fordert sie ihn durchaus nicht jedes Mal auf, seinen Aufsatz der Klasse vorzulesen. Jeder kommt mal dran. Aber wenn Kilian sein Geschriebenes vorliest, ist es auf einmal besonders still in der Klasse.

In Sport, vor allem in Geräteturnen, ist er auch nicht besonders gut, der Schlacks mit den unterentwickelten Armmuskeln, der die fordernden Hand- und Mundbewegungen des Sportlehrers hinter dessen Rücken in Sekundengesten nachahmt. Kilian der Komiker. Kilian der Aufmerksame. Ganz in seiner Nähe verkneift sich nämlich auch Matthias nicht sein gicksendes Lachen, Matthias, der auf dem Barren die elegantesten Beinschwünge schafft und an der Reckstange seinen Körper fünf Mal hintereinander an geraden Armen lang gestreckt durch die Luft schwingen lassen kann, eh er abspringt und im federnden Stand auf der Matte landet. Tief atmet Kilian den Schweißgeruch ein, der bei jedem Rundumschwung von Matthias ausgeht. Wer nur eine Ahnung hätte von Kilians Verlangen, sähe ihm seine Begeisterung an, sein inneres Mitwirbeln, sähe, wie seine geblähten Nasenlöcher den vorbeiwehenden Körperduft in sich hineinziehen. Steht Volleyball auf dem Plan, sorgt Kilian ganz unauffällig dafür, in die richtige Mannschaft zu gelangen. Er stellt sich einfach irgendwo in Matthias' Nähe hin, und das Kopfnicken des Sportlehrers: Du und du und du hier, ihr da drüben, entscheidet in Kilians Sinn. Volleyball ist für Kilian eine unverfängliche Gelegenheit, Matthias im Vorbeirennen zu streifen, oder, wenn er es geschafft hat, den Ball zu kriegen, ihm den Ball mit über den

Kopf gehaltenen beiden Händen zuzupritschen und einen anerkennenden Blick aufzufangen. Im Umkleideraum gelingt es Kilian, so glaubt er jedenfalls, diesen besonderen, diesen süßsauer-würzigen Schweißgeruch aus dem Gemisch herauszufiltern, wenn er nur immer wieder kurz hinschaut zu Matthias, der zwischen Herbert und Thomas auf der Bank gegenüber sitzt, sich eben seine Jeans über die muskulösen Beine gezogen hat und seine Schnürsenkel bindet.

49

In Mathe braucht Kilian seit der neunten Klasse Nachhilfeunterricht. Marianne kann ihm da nicht helfen. Die Rechenschwäche, die hast du von mir geerbt, kommentiert sie seine Mathe-Noten mit tragisch klingender Stimme und bekümmert gefalteten Augenbrauen. Gute Frau, es gibt wahrhaft schlimmere Schwächen, die der Mensch vererbt bekommen kann, entgegnet Kilian, seinen Kopf in der Pose des Mitleids schräg geneigt und mit derart pastoral tönender Troststimme, dass sie beide losprusten müssen. Einmal besuchte er Sigrid Hönig, die ihm ihre Hilfe angeboten hatte, jedoch kamen sie gleich vom aktuellen Mathe-Thema ab. Als Kilian ein auf dem Sofa liegendes Buch, Günther Grass, Die Blechtrommel, in die Hand nahm und sich begeistert über Oskar Matzeraths zauberhafte Fähigkeiten ausließ, stellten beide fest, dass es in jeder Hinsicht lehrreicher ist, sich darüber zu unterhalten, mit welchen Mitteln Autoren Spannung und Vergnügen beim Lesen ihrer Bücher hinbekommen, wie zum Beispiel auch Ingeborg Bachmann in ihren Erzählungen oder Dürrenmatt in seinen hintergründigen Kriminalgeschichten, als unpersönliche, an Zahlen gebundene Formeln zu pauken. Darüber hinaus hatte Sigrid ihre Kenntnisse ohnehin überschätzt. Was Kilian auf seinem Gymnasium lernen muss, nennt sich höhere Mathematik, wofür sie aber damals auf der Mittelschule sehr gute Noten bekommen hatte, waren die Rechenwege fürs spätere Leben. Wenn sich Sigrid und Kilian voneinander verabschieden, haben beide ein schlechtes Gewissen wegen Mathe, dafür aber rote Wangen vom Diskutieren.

50

Seit Anfang der zehnten Klasse erteilt ihm seine Klassenkameradin Martina Nachhilfeunterricht, ehrenamtlich, wie sie sagt. Einmal in der Woche geht Kilian nachmittags zu Martina. Wenn er auf dem herangeholten Stuhl neben ihr am Schreibtisch sitzt und sie ihm Logarithmen und die Berechnung von drei Dimensionen erklärt, ihm leichte Aufgaben gibt, die er, verschämt auf dem Rechenpapier kritzelnd, manchmal sogar beinah richtig löst, dann ist er mit dem einen, dem Martina zugewandten Ohr und mit der Hälfte seiner Konzentration bei Martina und der Mathematik, das andere Ohr und die andere Hälfte seiner Aufmerksamkeit sind zur Tür ausgerichtet. Manchmal unterbricht sich die geduldige Martina und blickt zur Seite, zu Kilian, als wäre ihr etwas an ihm aufgefallen. Sie sieht ihn an und kommt ihm mit ihrem Gesicht sehr nah, als wollte sie ihm etwas verraten, was nichts mit Mathe zu tun hat. Er wendet sich dann so unmerklich von ihr ab, dass sie es nicht als Ablehnung auffassen kann, und sie kehrt mit zartem Kichern zu der Aufgabe zurück, deren Lösung sie ihm nun so gut und gründlich erklären will, dass er den Rechenweg endgültig kapiert. Was er von Mal zu Mal endgültiger kapiert, ist die Tatsache, dass ihm die Welt der Mathematik ein Lichtjahre entfernter Kosmos bleiben wird.

Kilian könnte heulen, jedoch nicht darüber, dass er sich blöd anstellt. Nicht, weil er weiß, dass die ganze Mühe für beide Seiten so gut wie vergeblich ist. Für ihn wichtig sind Plus und Minus, sein Kleingeld betreffend, und damit kann er rechnen. Über das bisschen Geld hinaus, das er vielleicht mal verdienen wird – mit welcher Art von Arbeit, da will er sich noch nicht festlegen –, wird er sich niemals in seinem Leben mit Zahlen befassen, dessen ist sich Kilian sicher. Er vernimmt Martinas freundliche Stimme, gehorcht ihren Aufforderungen, zerbricht sich ächzend den Kopf, beugt sich übers Heft, schreibt Zahlen und Formeln, versucht fest atmend sein Herzklopfen niedrig zu halten und nicht mit den Fingern auf dem Tisch zu klimpern. Martina und ihrem Eifer zuliebe würde er die Folgerichtigkeit von Zahlenreihen gern begreifen, doch er weiß, er wird es nicht und kann doch nicht aufhören, Richtung Tür zu lauschen. Irgendwann am späten Nachmittag, sie sind längst fertig mit Üben, reden über alles Mögliche oder spielen Backgammon – da hört Kilian es endlich. Die Wohnungstür wird aufgeschlossen und wieder zugemacht. Kilian hört Martinas Vater Hallo rufen. Etwas später gibt er dem Vater die Hand und schluckt und starrt an ihm vorbei und sagt artig Auf Wiedersehen.

Auf dem Nachhauseweg schämt er sich, weil er allein ist.

51

In der Schule wissen sie es von Anfang an, dass Kilian keinen Vater hat. Die Lehrer und die Mitschüler, die alle in sogenannten geordneten Familienverhältnissen leben, tun vor ihm so, als wäre ihnen seine Vaterlosigkeit nicht der Rede wert. Niemand hat sich bei ihm je danach erkundigt, weder offen noch durch die Blume, wie es sich so lebt, nur mit der Mutter. Kilian wünscht es sich insgeheim, er ist vorbereitet auf diesbezügliche Fragen und natürlich auch auf seine Antwort: Was willst du hören? Dass es langweilig oder sonst wie schrecklich ist, nur mit der Mutter zu leben? Da muss ich dich enttäuschen. Es ist gut, es macht Spaß, bei so einer Mutter zu sein, wie ich sie habe. Den wesentlichen Rest, der ihm in der Seele brennt, behielte Kilian bei sich: Ein Vater fehlt mir trotzdem.

Hinterm Rücken, das weiß Kilian, wird über ihn und seine Mutter geredet, halb mitleidig, halb respektvoll. Getratscht wird auch. Die arrogante Großmutter, die Villa, jeder in Tingen hat irgendwas davon gehört, wo und wie dieser sensible Kilian aufgewachsen ist. Näheres weiß niemand. Kilians Mutter kommt zu jeder Elternversammlung und bringt sich ein. Sonst reden ja meist nur die Väter. Sie ist älter als die anderen Eltern, könnte seine Großmutter sein. Aber das vergisst man, wenn man sie sprechen und lachen hört.

52

Er hört seine Mitschüler über ihre Väter reden. Seine Sinne sind gespitzt auf das Mitkriegen von Handlungen, Gedanken, Geschenken und so weiter, im Zusammenhang mit Vater, Papa, Daddy, Paps. Sie merken es nicht, wie Kilian verborgen aufmerkt, wenn jemand in seiner Nähe ganz lässig, ganz selbstverständlich sagt: Mein Vater sagt, Volvo ist die beste Automarke. Mein Daddy regt sich über die Minimode auf. Mein Papa hat endlich wieder Arbeit. Kilian lauscht gierig und starrt auf geschwärzte, nicht zu entziffernde Gegenden in seinem Inneren, dabei sieht er aus wie einer, der versonnen vor sich hin starrt.

Man nimmt Kilian, wie er ist, respektiert ihn, mehr noch, man braucht ihn, den Unterhalter, der alle, die Lehrer, die Mitschüler, nachahmen kann, ohne sie zu verletzen. Zum Lachen bringt er sie. Und doch weicht man ihm aus. Oder ist es er selbst, der mit seinen Späßen dafür sorgt, dass ihm keiner und keine zu nahe kommt. Es müsste ein Wort geben, das den quälenden Mangel bändigt. Ein beistehendes Wort. Ein Wort, das ihn aufbaut, wenn er hohl und wertlos in sich zusammensackt. Gedichte tasten, Worte treffen. Er weiß es doch. Das Wort, das er braucht, änderte nichts an der Tatsache, vaterlos zu sein, doch es könnte ihm helfen, vor sich selbst innerlich gerader zu stehen.

Er, der Nachhilfe in Mathe braucht, erteilt zwei Schülern aus der Sekundarstufe Nachhilfe in Deutsch. Grammatik, Rechtschreibung, schriftliches Formulieren. Dafür erhält er sogar, ohne es verlangt zu haben, einen kleinen Stundenlohn. Die Hälfte davon gibt er seiner Mutter, die andere Hälfte behält er für Zigaretten und Kino. Und für seinen noch unentwickelten Plan.

53

Deutsch schriftlich ist deine Stärke. Sagen sie alle, Lehrerin und Mitschüler. Deutsch schriftlich bist du wirklich unschlagbar. Er mag das nicht mehr hören, es kommt irgendwie übertrieben bei ihm an. Statt sich zu freuen und sich zu bedanken, fühlt er sich gebauchpinselt, als hätte er es nötig. Stimmt schon, er kann seine Gedanken mit wortgemalten Bildern zum Ausdruck bringen, die sonst niemandem einfallen. Was er weiß, kann er zum Wesentlichen zusammenfassen und, wenn er es nötig findet, kritisch bestreichen. Sich schriftlich gut ausdrücken können aber andere auf ihre Weise auch, zum Beispiel Matthias. Doch auch der sieht in Kilian den schriftlichen Superhelden. Das hat irgendwie was Gönnerhaftes, findet Kilian. Stimmt schon, er stürzt sich begeistert mit seinem Füller auf jedes Thema. Aber seine Stärke? Sie tun alle so, als ob er Sprachmuskeln hätte und die dauernd anspannte. Als gäbe es sonst nichts, was er gut kann. Der Gelobte fühlt sich zum Fachidioten abgekanzelt. Zu Martina, die in Mathe unschlagbar gut ist, sagt doch auch niemand: Mathe ist deine Stärke. Sie behauptet es manchmal von sich selbst, aber das ist etwas völlig anderes. Wenn sie ihn wegen Deutsch schriftlich so hochloben, könnte er aufspringen, den Stuhl vernehmbar von sich schieben und rauslaufen oder ihnen was Gemeines an den Kopf werfen.

Kilian würde gern mit jemandem darüber reden. In seiner Klasse gibt es niemanden, mit dem er näheren Kontakt hat. Martina ist für Mathe da, nicht zum Besprechen von Problemen. An Matthias traut er sich nicht ran, obwohl er sich vorstellen könnte, Matthias ließe mit sich reden, das weiß er, und nicht nur über seine, Kilians, sogenannte Stärke ließe sich mit ihm reden. Der eigenen Mutter kann man unklare oder seltsame Dinge, die einen persönlich angehen und beschäftigen, nicht mitteilen, sie um Rat fragen erst recht nicht, findet Kilian. Eine Mutter denkt gleich, sie müsste ihren Sohn in Schutz nehmen oder verteidigen, ihn gar trösten. Er hat schon genug damit zu tun, von aller Welt mit oder ohne Absicht vorgeführt zu bekommen, irgendwie anders zu sein und darüber mit niemandem sprechen zu können.

Sigrid Hönig. Ja, Sigrid kann er sich anvertrauen.

Sie müsste es ihm geradeheraus ins Gesicht sagen: Kilian, du hast einen Stich. Einen Empfindlichkeitsstich. Wenn ihm das jemand anders ehrlich bestätigen könnte, ließe sich die Deutschschriftlich-Stärke-Angelegenheit ein für allemal in den Mülleimer tun. Seine Mu würde niemals zu ihm sagen: Du spinnst, Junge. Sie käme nicht mal auf die Idee, so etwas von ihm zu denken. Sigrid

Hönig traut Kilian es eher zu, ihn ohne zart getönte Brillengläser zu erkennen. Sie würde ihm wahrscheinlich auch nicht gleich unter die Nase reiben, was sie über ihn denkt, aber ihr traut Kilian zu, ihm auf ihre Art den Kopf zurechtzurücken.

54

An einem Sonnabend spätnachmittags klingelt er auf gut Glück bei Sigrid, und sie ist tatsächlich da.

Kilian! Ach, Mensch, da freu ich mich! Komm rein!

Sie nimmt ihn bei der Hand, zieht ihn in den Flur und knipst Licht an. Kilian hängt seine Jacke auf. Wie immer wirft er einen Blick auf die gerahmte Fotografie neben den Garderobenhaken. Lachende, dunkelhaarige Mama, das Söhnchen sitzt auf ihren Schultern und lacht auch, sie hält es an seinen kleinen Füßen fest.

Ohne nach dem Grund seines überraschenden Besuchs zu fragen, holt Sigrid einen zweiten Becher aus der Küche und gießt ihm und sich Kaffee aus ihrer Thermoskanne ein, Milch im Kännchen und Kekse stehen bereits auf dem Tisch.

Was ist los, fragt sie, kaum dass sie sitzen.

Kilian nimmt den Becher, gießt etwas Milch in seinen Kaffee und legt ohne Umschweife los. Deutsch schriftlich ist meine Stärke, sagen sie dauernd zu mir. Jedenfalls kommt es mir so vor, als ob sie es mir jeden Tag drei Mal sagen. Als ob ich nur aus Deutsch schriftlich bestünde.

Als er das herausgebracht hat, macht er erst mal eine Pause, trinkt ein paar Schlucke, lässt sich von Sigrids erstauntem Blick betrachten und traut sich nicht, sie zu fragen, was sie wohl gerade denkt. Stattdessen fragt er, ob sie ihn etwa auch so sehe, dass außer in Deutsch schriftlich nichts los sei mit ihm.

Sigrid schüttelt ihren ordentlich frisierten Kopf so heftig, dass ihre Locken durcheinandergeraten. Wie kommst du denn auf die Idee, mich so was zu fragen, Junge? Ich kenn dich doch gar nicht als Schüler! Ich kann das doch gar nicht beurteilen!

Sie sieht ihn an. Er runzelt die Stirn. Sie sieht ihn jetzt ganz ähnlich an wie seine Mu, mit grinsbereit zuckenden Mundwinkeln, die sich aber ganz schnell wieder einkriegen und still stehen, ehe Sigrid weiterredet. Kilian, Junge, was soll denn nur so Schlimmes daran sein, wenn man deine Stärke feststellt und lobt? Das musst du mir erklären. War übrigens auch meine Stärke, Deutsch schriftlich.

Kilian lächelt. Er dreht den Kopf und schaut das Bücherregal an der Wand hinter ihm an, einmal kurz von oben bis unten, und als er sich wieder umwendet, nickt er anerkennend.

Aber bitte, lieber Kilian, mein Freund, sag mir das doch noch mal etwas deutlicher, was du mir eigentlich sagen willst.

Ich will nicht so rausgestellt werden wegen irgendwas.

Aha. Wegen irgendwas. Das glaubst du doch wohl selber nicht.

Kilian kommt sich wie ein Forschungsobjekt vor, so wie sie ihn jetzt ansieht.

Könnte es sein, erkundigt sie sich, den Kopf lauernd vorgereckt, dass du es im Grunde deines Herzens ganz prima findest, herausgestellt zu werden, und dass du dich deswegen schämst?

Da wird Kilian rot. Er kann sein rot angelaufenes Gesicht nicht sehen, doch das Heiße in den Wangen und auf der Stirn, das fühlt er. Sigrid sagt jetzt aber nicht zu ihm: Du bist ja ganz rot geworden! Dazu ist sie viel zu klug. Sie gießt ihm noch den Rest Kaffee ein und fragt ganz harmlos unvermittelt: Ob wir drei morgen wieder unseren Spaziergang machen?

Kilian hat nichts dagegen. Ich werde Marianne fragen, sagt er.

55

Niemand, auch nicht seine Mutter, hat eine Ahnung von den dicken Heften. Ist ein Heft voll geschrieben, Gedicht an Gedicht, gereimt und ungereimt, mit seinen Korrekturen und durchgestrichenen Zeilen, dünner geworden wegen der herausgerissenen, in kleinste Stücke zerrissenen Seiten, dann steckt er es hinter seine Bücher auf dem kleinen Regalbrett. Das aktuelle, noch nicht volle Heft wird nach wie vor unterm Fußende der Matratze verstaut und bei Bedarf hervorgezogen. Gedanken, die es ihm wert erscheinen, und seine aus der Luft gekratzten Wortversuche sammelt er in kleinster, sogar für ihn selbst manchmal kaum entzifferbarer Schrift in seinem Notizbuch, das er samt seinem kurzen Kugelschreiber, Weihnachtsgeschenk von Sigrid Hönig, griffbereit in seiner rechten hinteren Hosentasche bei sich trägt wie andere ihre Geldbörse.

Beim Anstehen im Bäckerladen, beim Nachhauseweg, auf einem Gehweg oder mitten auf dem Marktplatz kann man den hochgewachsenen jungen Mann stehen und kritzeln sehen, mit gesenktem Kopf, als verneigte er sich vor seinen Gedanken.

Warum, fragt sich Kilian, wenn er ein Gedicht nun erst mal so stehen lassen kann, warum liest du das nicht Mu vor oder zeigst es Sigrid oder Frau Merz, der Deutschlehrerin. Er findet keine Antwort außer einer: Angst. Angst wovor? Davor, dass er dann vor sich selbst wie ein Ausplauderer dasteht, wie ein Geheimnisverräter.

Mu klopft immer an, wenn er in seinem Zimmer ist, und er schaltet ganz schnell um auf fleißiger Schularbeitenmacher, deswegen kriegt sie seine Dichterei nicht mit.

Oder tut sie nur so?

56

Die Einrichtung einer monatlich wechselnden Wandzeitung wird nach den Osterferien, Kilian ist in der zehnten Klasse, auf einer Lehrerkonferenz beschlossen. Der Hausmeister bringt unten in der Eingangshalle an der Wand gegenüber dem Schuleingang eine Wandtafel aus Sperrholz an. Im Einvernehmen mit dem Rektor schlägt Frau Fried auf einer Schülerversammlung in der Turnhalle Kilian und der Form halber noch zwei andere Schüler beziehungsweise Schülerinnen der zehnten und elften Klassen als Redaktion der Wandzeitung vor. Die meisten heben, wie erwartet, ihre Hand für Kilian. Er steht vom Stuhl auf, bedankt sich mit heißem Gesicht, sagt ja, mit Ausrufezeichen, und setzt sich schnell wieder hin.

Gemeinsam mit seiner Mutter entwirft der frisch gekürte Redakteur eine Art Konzept. Die Wandzeitungsbeiträge sollen sich alle sechs Wochen mit einem neuen Thema befassen, das für die nächsten sechs Wochen an einer dafür bestimmten Stelle der Wandzeitung bekannt gegeben wird. Außerdem, das ist Mus Idee, müsste die Wandzeitung eine Spalte »Kritik und Vorschläge« enthalten. Angewandte Basisdemokratie, stellt Kilian anerkennend fest.

Die gut lesbar handgeschriebenen oder auf der

Schreibmaschine getippten Beiträge und Stellungnahmen von Schülern der Oberstufenklassen zu Schulbelangen, außerschulischen Veranstaltungen und die Stadt betreffende Neuigkeiten, die für Jugendliche interessant sind, sich aber im engeren und weiteren Sinn auf das gestellte Thema beziehen sollten, können bis zu einem angegebenen Datum im Sekretariat abgegeben werden. Kilians Aufgabe als Redakteur besteht darin, von den Beiträgen, darunter auch Zeitungsartikel, diejenigen auszuwählen, die gerade zu dem von ihm entschiedenen Monatsthema passen. Was nicht passt, hebt er auf. Aufgehoben und in einem dicken Ordner für Frau Merz gesammelt werden auch die Beiträge des jeweils letzten Monats.

Freundschaft, Neid, Geld, Macht, Familie lauten die Monatsthemen. Beiträge aus allen möglichen Bereichen und zu verschiedensten Aspekten das jeweilige Thema betreffend sollen zusammenkommen. Nicht jedes Mal füllen die Zettel die gesamte Fläche des Wandbretts aus. Ab und zu entdeckt Kilian einen von einer Schülerin, einem Schüler selbst verfassten Beitrag, in dem, und sei es nur in einem Halbsatz, ein anerkennendes Echo auf die antiautoritäre Studentenbewegung steckt. Seine eigenen Kommentare zu politischen Entscheidungen, vor allem zur Wahl des Bundeskanzlers und zur endlich angeschobenen Entspannungspolitik, bringt der kluge Redakteur als

Randbemerkungen zwischen den auf DIN-A4-Bögen geschriebenen Beiträgen unter, in Schreibmaschinenschrift, selbstverständlich.

Auf die Idee, die alte Schreibmaschine aus dem Keller zu holen und diese, gereinigt und mit einem frischen Farbband versehen, dem wortgewandten Schmierfink als Arbeitserleichterung zur Verfügung zu stellen, war die Schulsekretärin gekommen. Kilian, dessen Hände sich als willig und anstellig zum Einspannen der Papierbögen erweisen und dessen mindestens zwei Finger jeder Hand zum Tippen von lesbaren Texten ganz gut geeignet sind, spart für eine eigene Schreibmaschine.

Wandel durch Annäherung, die Parole spricht ihm nach wie vor aus dem Herzen. Wäre er Repräsentant und hätte das Sagen, würde er diesen Gedanken nicht nur auf die politischen Blöcke, sondern, wo Not an ganz normaler Menschlichkeit herrscht, auch auf den Abbau von Vorurteilen und Feindseligkeiten zwischen einzelnen Menschen anwenden.

Beim Sammeln, Ordnen, Ausschneiden und Anbringen der Beiträge entfaltet Kilian eine Ordnung, die sonst nicht seine Art ist. Zu Hause ist für seine Redaktionsarbeit kein Platz, weder im Wohnzimmer noch in seiner winzigen Bude voller Bücher und dem Kleinkram vor den Büchern und seinen Jeans und Pullis auf dem Stuhl. Darum darf er die Arbeit an einem Nachmittag in der

Woche, so lange sie dauert, in einem sonst nicht benutzten Klassenraum erledigen. Der Hausmeister weiß Bescheid.

Die Mutter klopft an, schaut durch den Türspalt: Na, Sohn, wieder fleißig? Komm rein, ruft er, und sie schaut ihm dabei zu, wie er das auf Zettel Geschriebene liest und danach in eine Reihenfolge bringt, er gibt ihr ein beschriebenes Blatt in die Hand, lies das mal, wie findest du es? Es ist ihm wichtig, wie seine Mutter über dies und jenes denkt. Er müsste ihre teilnehmenden Kommentare ablehnen, sich als Sechzehn-, Siebzehnjähriger schämen, von der Mutter beraten zu werden, hau schon ab, müsste er sagen, aber wenn sie ihn mal bei seiner Arbeit aufsucht, lässt er sie. Er schämt sich nicht, eingehakt mit seiner Mutter quer über den Platz nach Hause zu gehen. Im Gegenteil, er fühlt sich an ihrer Seite wie ein Verbündeter.

57

Die Leute im Haus, wo er wohnt, die in seiner Straße, die glotzen, das weiß er, sie starren nach wie vor durch die Gardinen. Wer ihnen beiden auf dem Gehweg entgegengeht, schaut zur Seite. Man hat es auch heute wieder bestätigt gekriegt, was man sehen wollte, Frau ohne Mann, Kind ohne Vater, es tut gut, sich daran die Kehlen wundzutratschen. Wer weiß, wo die den Bankert herhat! Kilian drückt den Arm seiner Mu und hält den Kopf hoch und freut sich aufs Abendbrot. Vier Scheiben Brot, drei für ihn, eine für die Mutter, etwas Käse, zwei Scheiben Wurst, Quark mit Petersilie und ein Apfel auf dem kleinen runden Tisch im Wohnzimmer, auf dem wieder die Kerze brennt und ihm in der kleinen schmalen Tonvase eine Wiesenblume zunickt. Für Kerzen etwas Geld auszugeben, lässt sich Kilians Mutter nicht nehmen, auch wenn sie gegen Monatsende anschreiben lassen muss.

Sie ist eine Meisterin im Tischdecken, seine kleine Mama. Und im Geschichtenerzählen. In einem Fleck auf der Tapete entdeckt sie einen Geheimcode. Sie begleitet das Prasseln des Regens mit einem Lied, zu dem sie Takt gebend mit dem Teelöffel an ein Wasserglas schlägt. Behutsam fantasievoll ihren Sohn und ihr eigenes Leben führend und aufrecht, so ist sie. Und er, Kilian, der Sohn, beschützt seine Mutter mit hoch erhobenem Kopf und dunkel schallendem Gelächter. Sieht er aber seine Klassenkameraden am Brunnen stehen, zieht er seinen Arm aus ihrem, bis nachher, Mu!, und geht zu ihnen.

Den einen oder anderen eigenen Text für die Wandzeitung liest er ihr zu Hause vor. Seine Gedichte zeigt er ihr nicht.

58

An einem Spätnachmittag ganz am Anfang seiner Redaktionsarbeit klopft es an die angelehnte Tür, und als sich Kilian umwendet, fällt ihm die Schere aus der Hand. Matthias steht da. Sein Gesicht sieht ganz aufgelöst aus, als hätte er eben etwas Schlimmes erfahren und verkniffe sich zu heulen. Er bückt sich nach der Schere und drückt sie Kilian in die Hand. Die kühle Schere fasst sich auf einmal ganz heiß an.

Ich wollte mal sehen, was du hier so machst, sagt Matthias. Und ich wollte dir auch was bringen. Er öffnet seine Schultasche. Du hast doch gesagt, das nächste Monatsthema soll Verständigung heißen. Ich habe mir dazu etwas ausgedacht. Er zieht einen DIN-A4-Bogen aus der Tasche und reicht den Kilian hin. Kilian sagt danke, legt die Schere beiseite, nimmt das Papier und fängt an zu lesen. Der Text ist mit dem Datum des heutigen Tages datiert und beginnt mit Ich.

Matthias beobachtet ihn, weiß der Lesende, darum nimmt er die Haltung des anmutig und aufmerksam Vertieften an, den Kopf leicht schräg gehalten, den Mund auf Mundweise, die Augen auf Augenart angespannt. Beim Weiterlesen vergisst Kilian seine Pose.

Ich habe, liest er, heute, als ich im Sekretariat

unsere neue Telefonnummer angeben wollte, zufällig einen Blick in den Karton geworfen, in welchem die Textbeiträge für die nächste Wandzeitung gesammelt werden. Es war noch nichts drin bis auf einen Zettel, auf dem in Großbuchstaben hingeschmiert nur ein Wort stand. Ein Schmähwort. Wer macht so was? Damit zeigt jemand, dass er alles andere als Verständigung will, sondern stattdessen einem bestimmten anderen Menschen eins auswischen, ihn kränken. Was hat er davon? Und was soll das überhaupt? In was für einer Zeit leben wir? Ich würde gern mit dem Schreiber dieses Wortes reden. Ihn fragen, warum er es nötig hat, andere anonüm zu beschimpfen. Aber wer so was Schäbiges macht, ist feige. Matthias R.

Matthias greift noch einmal in seine Schultasche und zieht den Zettel mit dem Wort heraus.

Bankert.

Ich hab das Wort schon so oft gehört, es macht mir nichts mehr aus, sagt Kilian und weiß, dass es nicht stimmt. Er schüttelt den Kopf und sieht Matthias in die Augen. Stimmt nicht, es macht mir etwas aus, es macht mich traurig und böse.

Mich auch. Den Scheiß, den brauchst du aber nicht für die Wandzeitung. Matthias stellt die Tasche auf dem Boden ab, zerreißt das Stück Papier demonstrativ in viele Stücke und wirft sie in den Papierkorb.

Danke, Matthias, sagt Kilian leise.

Der hebt beide Hände und lässt sie wieder fallen. Ist doch klar! Aber du musst mein Geschriebenes unbedingt anbringen, auch wenn es vielleicht nicht so gut formuliert ist oder so.

Ich finde es gut formuliert. Klar wird das angebracht. Und zwar aus drei Gründen. Erstens, weil es gut ist, zweitens, weil man sich diese ekelhafte Feigheit nicht gefallen lassen darf, drittens wegen der Form.

Wegen der Form? Matthias grinst.

Kilian hält das von Matthias beschriebene Papier hoch und schaut es kopfschüttelnd an. Du hast dir ja irre viel Mühe gegeben. Mann, so schön geformte Druckbuchstaben!

Nee, entgegnet Matthias und lacht sein heiseres quietschendes Lachen, das Kilian so gern hört. Da musste ich mir gar keine Mühe geben, das hab ich mir von meinem Vater abgeschaut. Der ist Grafiker und Illustrator.

Kilian schluckt aufgeregt. Er denkt an die Bilder, die Matthias im Kunstunterricht malt. So viel wilde Farbigkeit und Formigkeit drückt sich in ihnen aus. Aber da steckt auch was ganz Eigenes drin, was man nicht gleich zuordnen kann. Die anderen malen eher brav, bemühen sich um Gegenständlichkeit, die unterschiedlich gekonnt gelingt. Erlaubt ist alles. Alle wissen, dass Herr Loma, der Kunstlehrer, ungern Zensuren gibt. Was Kilian mit Pinsel und Deckfarben aufs Malpapier zu bringen versucht, ob Haus, Landschaft, Mensch oder Blume, gelingt ihm durchweg nur stümperhaft. Höchstens, wenn sie Stimmungen in Farben und Formen umsetzen sollen, wie Herr Loma sagt, da bringt er schon mal etwas zustande, das ihn an ein Gedicht erinnert. Wenn Matthias das Zeichentalent von seinem Vater geerbt hat, er aber, Kilian, seine »Lust am Fabulieren«, wie Goethe es so nett gesagt hat, ganz eindeutig von seiner Mutter, welche seiner Eigenschaften, welche Begabung könnte ein Erbe seines Vaters sein? »Des Lebens ernstes Führen« ganz gewiss nicht.

Du siehst auf einmal so traurig aus. Ist es deswegen?

Kilian bemerkt, dass Matthias eine Hand hebt und sie gleich wieder fallen lässt. Nein, deswegen nicht, das kenn ich ja. Aber – er reicht ihm nun seine rechte Hand entgegen, die von Matthias' rechter Hand ergriffen wird und die er einmal heftig drückt, eh er sie loslässt –, aber ich danke dir, Matthias. Was du da geschrieben hast, ist wichtig für unsere Wandzeitung. Was gibt es bloß für Arschlöcher.

Das sind die gleichen, die sich an Klotüren verewigen.

Wegen der Verbindung von Arschlöchern mit Klotüren müssen beide laut kichern.

Ich muss jetzt, sagt Matthias. Aber nicht aufs Klo.

Du hast keine Ahnung, denkt Kilian, wie froh du mich machst.

Also tschüss, bis morgen. Matthias sprintet durch den Vorraum zur Schultür. Kilian sieht ihm hinterher. In der Tür winkt Matthias.

Kilian winkt zurück.

Den ganzen Nachhauseweg lang lächelt und schunkelt er vor sich hin.

59

Auf dem Weg zum Springbrunnentreff fängt es an zu regnen. Der Himmel sah schon nach Regen aus, als Kilian losging, deshalb hat er vorsichtshalber gleich seine Regenjacke angezogen. Am Springbrunnen, der seit ein paar Wochen ausgeschaltet ist, sieht er nur einen einzigen Jungen, Matthias, der seinen Regenschirm aufgespannt hat und im Begriff ist loszugehen.

Matthias!

Matthias bleibt stehen, dreht sich um, öffnet erstaunt den Mund.

He, Kilian.

Wo sind die anderen?, fragt Kilian im Näherkommen.

Einige sind bei Heidi, die hat doch Geburtstag. Und das Wetter ist ja auch nicht gerade besonders.

Kilian in seiner gelben Regenjacke und Matthias, der nun den kleinen Schirm über sich und Kilian hält, stehen beieinander. Der Schirm ist blau, die Jacke grau, Matthias' Augen leuchten grün. Kilian und Matthias sind gleich groß. Auf Augenhöhe, denkt Kilian. Auf Schulterhöhe. Auf Mundhöhe. Er leckt sich einen Regentropfen von der Unterlippe.

Auf einmal hält Matthias seinen Kopf unternehmungslustig schief und hebt die freie Hand mit ausgestrecktem Zeigefinger an, als wollte er sich melden. Als wäre er gerade auf eine Idee gekommen.

Woll'n wir ein Bier trinken gehen?

Kilian hört es. Bestimmt hat er sich verhört. Wie bitte?

Hast schon richtig gehört, sagt Matthias mit seinem rauen Kichern.

Herzklopfen kann man nicht sehen, erst recht nicht durch den Stoff einer Regenjacke. Zu hören ist es auch nicht. Kilian könnte jetzt Matthias um den Hals fallen, aber er hält sich zurück. Das Klopfen in seiner Brust wird sich legen. Gute Idee, sagt er lässig, heiser kommt es heraus. Hab nur kein Geld dabei. Er räuspert sich.

Macht nichts, grinst Matthias.

Matthias hält seinen Schirm über beide Köpfe. Sie stehen noch immer ziemlich dicht voreinander, und Kilian starrt Matthias wie selbstvergessen an, die Stirn gerunzelt, die Lippen gekraust. Aber er hat sich nicht vergessen, im Gegenteil, ihm hüpft gerade einiges durch den Kopf. Unvorhersehbares, oder richtiger, Vorhersehbares könnte geschehen. Auf jeden Fall komme ich heute später nach Hause, als sie es gewöhnt ist. Als ihm das klar wird, entspannt er sich und nickt und sagt zu Matthias: Ich würde nur gern vorher ganz kurz in den Friseursalon.

Matthias zieht die Augen schief.

Das sieht so komisch aus, dass Kilian lachen muss.

Warum lachst du?

Wie du eben geguckt hast.

Na ja, was willst du denn ohne Geld beim Friseur?

Nur Bescheid sagen.

Kilian betritt den Salon. Matthias wartet vor der Tür. Sigrid Hönig föhnt eine blonde Frisur. Hallo, Kilian! Welche Ehre!

Hallo Sigrid. Entschuldige, ich will nicht stören.

Moment bitte, sagt Sigrid zu der Kundin, die verständnisvoll nickt. Sigrid stellt den Föhn aus und zieht Kilian an der Hand beiseite, so weit die Schnur reicht. Sollst du mir was von Marianne bestellen?

Nein, umgekehrt. Ich wollte dich bitten, schau nach Feierabend bei ihr vorbei.

Mach ich gern. Was ist denn?

Ach, nichts. Also tschüss. Er lässt Sigrids warme Hand los und wirft ihr von der Tür aus noch ein bittendes Lächeln zu.

60

Nebeneinander gehen sie los. Kilian wendet sich um und sieht Sigrids interessierten Blick ihnen nach, durch die Schaufensterscheibe. Es regnet stärker. Weil Matthias' Jacke keine Kapuze hat, lässt Kilian seine Kapuze hängen. Matthias hält seinen Schirm wie eben im Stehen so über sich und ihn, dass beide Köpfe trocken bleiben.

Kilian schwebt mit glänzenden Schuhen neben Matthias über den Platz. Matthias scheint zu wissen, wohin. Mit seinem rechten Arm, der den Schirm hält, streift er ab und zu Kilians linken Arm. Kilian konzentriert sich auf den Arm, hält ihn unbewegt, um die Berührung nicht zu verpassen. Sie verlassen den Platz, gehen um mehrere Straßenecken. Richtung Seeviertel, stellt Kilian fest, sagt es aber nicht und fragt nichts. Matthias wird schon wissen. Kilian denkt an die Badeanstalt, die er seit Jahren in den Sommerferien, wenn die meisten aus seiner Klasse verreist sind, beinah jeden Tag aufsucht. Schon fast so was wie einen Stammplatz hat er dort, im wahren Sinn des Wortes, unter einer bestimmten Eiche. Er liegt da im Schatten auf seinem Handtuch auf dem Bauch und liest in dem Buch über Paris, das ihm Sigrid geborgt hat, und schaut sich so lange die Fotos an, bis er das Wasser der Seine unter einer der vielen Brücken dahinfließen sieht. Die mit kleinen Gittern verzierten Fenster der alten Wohnhäuser blinzeln ihm zu, der Eiffelturm beugt sich ein wenig. Wenn die Schule wieder anfängt und alle von ihren Reisen nach Spanien und Italien und Griechenland erzählen, wird er mitreden können. Er war in Paris. Na klar, auch auf dem Eiffelturm. Er sitzt an den borkigen Stamm gelehnt und beobachtet Väter, was die mit ihren Kindern anstellen, schreiende Babys, die von ihren Müttern aufgenommen und geküsst werden oder gefüttert, und ab und zu stapft er zum Wasser und schwimmt ein bisschen herum. Schwimmen hat er sich zum eigenen und Mus Erstaunen ganz allein beigebracht.

Außer der Badeanstalt verbindet ihn mit dem Seeviertel nichts, aber auch gar nichts mehr. Wollen wir 'ne Runde schwimmen, liegt ihm auf der Zunge, doch er verbietet sich die Albernheit. Brav schreitet er neben Matthias und stellt sich vor, wie sie beide zum See rennen, wie sie im Rennen die Sachen abwerfen und los, ins Wasser, wie sie untertauchen, sich unter Wasser umarmen. Das Wasser um sie herum wird ganz warm. Die Badeanstalt ist sowieso seit Ende September geschlossen.

Kilian sagt nichts. Matthias hält den Schirm über beide und sagt auch nichts. Durch die Bäume am Seeufer blinken erleuchtete Fenster. Das Fischrestaurant. Kilian zwinkert aufgeregt. Da willst du mit mir hin?

Jawohl, da wollen wir hin. Warst du da noch nie?

Doch, ein paar Mal. Mit meiner Großmutter. Damals, fügt er noch an, als müsste er es erklären.

So so, mit der Oma.

Kilian zieht das Kichern wie einen hörbaren Duft in sich rein.

Und jetzt mit Opa Matti, hört er Matthias fröhlich quietschen, nachdem der ihm im Gehen mit der linken Hand leicht auf den Rücken gehauen hat. Der kumpelhafte Schlag kommt Kilian vor, als hätte Matthias ihn kurz in den Arm genommen. Tief atmet er in den Rücken hinein. Er schluckt und weiß nicht, was er sagen, wie er gucken soll. Zum Glück ist es dämmerig, und sie gehen nebeneinander, und Matthias kann Kilians heißes, vor Verlegenheit zerknautschtes Gesicht nicht sehen, das jetzt bestimmt dunkelrot ist. Sein Repertoire an Gelegenheitskunst hat sich im Regen restlos verflüssigt. Kein Wort fällt ihm ein, keine Handbewegung.

Sie sind vor der Eingangstür angelangt. Matthias klappt den blauen Schirm zusammen und schüttelt ihn. Rein mit uns! Er öffnet die Tür und lässt Kilian vorgehen.

Kaum sind beide eingetreten, ertönt von der Theke her ein tiefes, lautes: Na, das wurde aber auch mal wieder Zeit!

Matthias stupst Kilian an. Das ist Opa Matti,

ruft er und: Komm!

Er nimmt Kilian beim Arm und zieht ihn zur Theke. Kilian fällt ein Satz ein, den er irgendwo gelesen hat: Er weiß nicht, wie ihm geschieht. Hinter der Theke steht ein alter Mann, der unglaublich freundlich ohne einen Ton lacht. Er streckt die Arme aus und tätschelt Matthias, der seinen Kopf vorstreckt, damit der ihn auch erreicht, mit beiden Händen die Wangen. Hallo, mein Kleiner.

Hallo, Matti, sagt Matthias lässig und wendet sich zu Kilian. Das ist Kilian, mein … Eine Sekunde zögert er und blinzelt in die Luft, eine Sekunde, in der Kilian den Atem anhält. Dann sieht Matthias zu Kilian und sagt fest: Mein Klassenkamerad.

Kilian schluckt. Was hat sich Matthias eben verkniffen zu sagen? Mein Freund? Mein liebster Klassenkamerad?

Der alte Mann fasst Kilian ins blinzelnde Auge. Kilian fühlt sich wie bei einer Inspektion. Er versucht ein höfliches Lächeln. Der Alte nickt, als hätte er gesehen, was ihm ausreicht, um mit dem ersten Eindruck vom Klassenkameraden zufrieden zu sein. Wollt ihr was essen?

Dürfen wir jeder erst mal ’n Bierchen?, fragt Matthias bettelnd. Opa Matti nickt gutmütig und gibt dem jungen Mann, der Bier zapft, mit zwei ausgestreckten Fingern ein Zeichen.

Und zu essen vielleicht Zander mit Bratkartoffeln?

Ist gebongt, sagt der Opa.

Zander magst du doch sicher auch, oder?

Kilian, völlig überwältigt, nickt stumm.

Das Fischrestaurant ist gut besucht von essenden, trinkenden, schwatzenden Paaren. Die kommen von überall hierher, sagt Matthias und steuert auf einen freien Zweiertisch am Fenster zu. Kilian folgt ihm. Duft nach frisch gebratenem Fisch zieht sich durch die Luft, leise klappern Bestecke, ein Kronleuchter und Wandlampen spenden nicht zu helles, nicht zu dunkles Licht. Diese weiche Atmosphäre unter fremden Menschen, die ihn und Matthias kaum zur Kenntnis nehmen und wenn doch, dann ohne abweisenden Blick, ohne irgendeine Bemerkung, bringt Kilian ganz durcheinander. Im Hals, im Bauch, in seinen Armen hat er das Gefühl, sich zu winden. Wie er Ablehnungen aller Art mit kurzem Kehllaut und mit nur einem Zucken seiner Mundwinkel kontert, das hat er geübt, da fühlt er sich beinah auf sicherem Boden, hier aber weiß er auf einmal nicht, wie er gucken soll. Wie es damals mit Großmutter und Mu für ihn war, als sie das Fischrestaurant besuchten, daran kann er sich nicht erinnern. Bestimmt wird er sich Mühe gegeben haben, nicht zu kleckern, und wird deswegen erst recht gekleckert haben. Ts, Junge! Pass doch auf!

Den Schirm lehnt Matthias neben seinen Stuhl an die Wand unterm Fenster. Ihre Jacken hängen beide über die Stuhllehnen. Kaum haben sie einander gegenüber Platz genommen, aus dem Fenster geschaut und festgestellt, dass es aufgehört hat zu regnen, kommt schon die junge Serviererin – na, Elsie, wie geht's dir? Ach danke, Matthias, ganz gut, hab dich lange nicht gesehen! – und stellt jedem ein frisch gezapftes Bier vor die Nase – danke, Elsie!

Zander für euch beide kommt auch. Etwas Geduld. Und ihr seid natürlich beide Mattis Gäste, sagt sie im Weggehen. Danke!, ruft Matthias ihr hinterher. Kilian traut sich nicht, ebenfalls danke zu rufen.

Sie heben die Gläser, stoßen an, grinsen einander zu, trinken einen langen Schluck und lecken sich den Schaum von den Lippen. Auch Matthias, merkt Kilian, ohne es erklären zu können, ist Biertrinken nicht gewohnt. Er sieht wieder aus dem Fenster. Im Dunkel dahinter ahnt er den See. Der Schein einer Laterne, die irgendwo am Ufer stehen muss, legt einen schmalen Schimmer auf die Wasserfläche. Kilian denkt an das Bild über Mus Sofa. Monets Sonnenaufgang. In dem verschwommenen und doch so deutlichen Hafenbild lebt etwas von ihm. Er starrt nach draußen und kommt auf den Gedanken, Sehnsucht brauche eine Insel, auf der ihre Hoffnungskinder frei hin und her rennen. Sag mal, hört er Matthias.

Er wendet sich vom Fenster ab und sieht Matthias an, der ungewohnt ernst aussieht und ganz leicht seinen hellen Kopf schüttelt, als wollte er etwas, was er gerade beobachtet hat, nicht wahrhaben.

Ich seh dich jeden Tag, sagt Matthias.

Kilian wundert sich über die eindringliche, fast feierliche Betonung, unwillkürlich hält er den Kopf etwas schräg wie ein Schwerhöriger, der besser verstehen will.

Ich hör dich reden und lachen, ich sehe dir zu, ich weiß, was du gut kannst und wo du nicht so gut bist, und du weißt das auch von mir. Aber wer – Matthias schüttelt schon wieder den Kopf. Er hebt beide Hände, als wollte er Kilians Hände ergreifen, lässt sie auf den Tisch fallen.

Wer bist du?

Kilian weicht zurück. Er fühlt die Stuhllehne am Rücken. Das hat ihn noch niemand gefragt, nicht einmal er sich selbst. Er ist da, er lebt, es gibt ihn, andere lassen ihn das spüren. Seine Mu, die ihn liebt. Sigrid, die ihn sehr gern hat. Matthias, der ihn jetzt mit großen Augen ansieht, der lässt es ihn gerade ganz besonders deutlich spüren, dass er da ist. Wenn er nur an Matthias denkt, weiß er es sicher. Ich bin da, und darauf kommt es an. Wer ich bin, das weiß Matthias doch, er muss es wissen. Er könnte es mir sagen, wer ich bin.

Kilian beugt sich so weit über den Tisch vor, wie er eben zurückgewichen ist. Wieso fragst du mich das? Und weil ihm das noch nicht genug ist, faucht er Matthias an: Und wer bist du?

Ich bin der Sohn meines Vaters, entgegnet Matthias ruhig, als hätte er nur auf die Frage gewartet. Er sagt es, hebt sein Glas und trinkt.

Als Kilian diese Antwort vernimmt, kommt ein Gedicht zu ihm. Tief in ihm drin sagt es sich auf. Es hat sich lange vorbereitet und auf den Moment gewartet, zu dem es gehört. Kilian, der sich eben noch angezweifelt fühlte, brauchte jetzt nur den Mund aufzumachen und es Matthias sagen. Aber er lässt es in sich drin.

Hilf mir mich finden/ich weiß nicht wo/bin ich verborgen/gib deine Hand mir/hol was ich bin/heraus/aus allen Verstecken/

Kein Zettel in der Nähe, es zu notieren.

Matthias setzt sein Glas ab. Na, und was ist nun mit dir, wer bist du, Kilian?

Kilian ergreift sein Bierglas, als wäre es ein Rettungsring, mit beiden Händen hält er sich daran fest. Er trinkt einen langen Schluck und sieht Matthias in die ernsten, fragenden Augen. Es ist ihm, als versteckte er sich hinter dem Glas, als er es leise herausbringt. Wenn du der Sohn deines Vaters bist, dann bin ich der Sohn meiner Mutter, wer sonst.

Erleichtert setzt er das Glas ab.

Matthias nickt und sieht dabei aus, als hätte ihm Kilian etwas gesagt, was er schon lange weiß, aber noch einmal vom Gefragten selbst hören will. Er senkt den Kopf. Leise sagt er: Meine Mutter ist gestorben, als ich klein war. Mein Vater ist in Ordnung.

Er hebt seinen Kopf und schaut Kilian ernst an. Und dein Vater?

Kilian antwortet das Erste, was ihm einfällt. Ich weiß nicht.

Er hat es gesagt und muss schniefen.

Lass laufen, sagt Matthias und reicht ihm seine Hand über den Tisch. Kilian ergreift die weiche, raue Hand mit beiden Händen. Seine Lippen zucken, er schluckt, dann lässt er die Hand los und steht auf.

Männerklo ist da drüben. Matthias zeigt hinter sich.

Zum Glück ist niemand im Toilettenraum. Kein Lappen, kein Papier. Kilian wischt sich mit der Hand über die Wangen. Im Spiegel sieht er zwei Gesichter, eines vors andere geschoben, zwei Sorten Tränen rennen aus seinen Augen, glückliche und verzagte. Er wischt und wischt. Wann habe ich das letzte Mal geheult, fragt sich der junge Mann. Der kleine Junge gibt es zu: Vorletzte Nacht, als ich an meinen Vater dachte. Denken ist es nicht, es ist mehr so was wie versuchen, mich zu erinnern an etwas, woran ich mich gar nicht erinnern kann. Das macht manchmal, dass ich heulen muss. Aber jetzt, Matthias. Der wollte es wissen. Ein letzter Wisch übers Gesicht, einmal tief durchatmen und raus, zu Matthias.

Während er auf der Toilette mit seinem Gesicht und seinen Gedanken beschäftigt war, ist das Essen samt Besteck und Servietten auf dem Tisch gelandet. Krustig überbackener Fisch, lecker fettige Bratkartoffeln und Saure-Gurken-Scheibchen, dazu noch ein frisches Glas Bier. Matthias vollführt eine einladende Geste. Lass dir's schmecken!

Kilian setzt sich. Ehe er anfängt, dreht er sich um zur Theke, weil er sich nun doch bei Opa Matti irgendwie bedanken will. Der sieht ihn und winkt ihm. Kilian pustet eine kaum angedeutete Dankeschön-Kusshand zu dem alten Mann hin, der die Geste annimmt und Kilian zunickt: Ist schon gut, Junge. Lasst es euch schmecken.

Sie lassen es sich schmecken. Zwischen zwei Happen sagt Kilian: So was Tolles habe ich lange nicht gegessen.

Werd ich Opa Matti sagen.

Sie kauen und schmatzen und prosten einander noch einmal zu und reden dies und das und tun, als wäre nichts gewesen. Opa Matti ist der Wirt hier, er stammt aus einer Fischerfamilie, ist selber Fischer, erzählt Matthias. Er ist kein echter Opa, aber für mich ist er wie ein Großvater, auch wenn wir uns nicht oft sehen. Er hat eine Menge um die Ohren, sag ich dir. Ist schließlich der Wirt hier. Er und seine tote Alte waren Freunde von meinen Großeltern, den Eltern von meinem Vater. Die leben schon lange im Osten. Ab und zu schickt mein Vater denen ein Paket mit Sachen. Und die Eltern von meiner Mutter sind weit weg, in Österreich. In den Ferien fahre ich da mal hin für eine Woche, und das reicht dann auch.

Kilian staunt. So gesprächig hat er Matthias noch nie erlebt, außer letztens, bei der Wandzeitung. Da war er mehr aufgeregt und wütend, geredet hat er auch nicht viel. Jetzt quetscht er zwischen zwei Bissen ein paar Jahrzehnte. Sonst ist er immer etwas abseits, ähnlich wie ich, nur eben auf seine Weise. Und in der Schule macht er nur den Mund auf, wenn er aufgefordert wird. Ein eher stiller Typ, der Matthias, im Gegensatz zu mir. Aber jetzt hat er richtig aufgedreht.

Alle nennen ihn Opa Matti, und ihm gefällt das, erzählt Matthias dem lauschenden und essenden Kilian. Er heißt nämlich auch Matthias, wie ich. Als er so alt war wie wir beide jetzt, na, vielleicht ein, zwei Jahre älter, da war er deutscher Meister über hundert Meter Kraul. Er ist noch immer total sportlich, deswegen sieht er auch so gut aus.

In Sachen Sportlichkeit könntet ihr ja echt aus einer Familie stammen, stellt Kilian fest.

Stimmt, lacht Matthias.

Kilian genießt Matthias' Gesprächigkeit und den überbackenen Fisch, der kaum Gräten hat, doch er weiß, wenn sie aufgegessen haben, geht das andere weiter. Elsie steht am Tisch und fragt, ob die Herren noch einen Wunsch hätten. Nein, danke, Elsie.

Als beide ihren Teller leer gegessen haben, tupfen sie sich den Mund mit der Serviette ab und spülen den letzten Rest mit einem Schluck Bier hinunter. Und richtig, nach einer stummen Weile sieht Matthias Kilian in die Augen, als wollte er Kilians braune Augen grün färben.

Also du weißt deinen Vater nicht.

Kilian senkt den Kopf. Gut formuliert, denkt er, genau das ist es. Ich weiß ihn nicht, meinen Vater.

Nein, sagt er, hebt den Kopf und gibt Matthias mit seinem Blick die grüne Augenfarbe zurück. Ich weiß ihn nicht. Kaum hat er Matthias' Worte im Flüsterton wiederholt, fühlt er schon wieder Wörter in sich wachsen. Er ist es, er selbst, der zu diesen Wörtern wächst, die einen Sinn ergeben. Er kann es nicht fassen.

Warum schüttelst du den Kopf, fragt Matthias.

Hab ich das?

Matthias nickt lächelnd. Kilian fühlt sich irgendwie verstanden. Beide schweigen einander aufmerksam an, minutenlang.

Jetzt, befiehlt sich Kilian. Jetzt raus damit.

Du hast mich vorhin gefragt, wer ich bin.

Er holt Luft und lässt es im Ausatmen heraus, wobei er auf seinen geleerten Teller starrt.

Von etwas Größerem der Fußabdruck/der hingehauchte Kreis/in einer Fensterscheibe voller Eis.

Oh, bringt Matthias heraus. Der Mund bleibt ihm offen stehen. Er schließt den Mund, schluckt. Er steht auf, schiebt energisch den Stuhl von sich weg, eilt zur Theke und sagt etwas zu dem jungen Mann, der Bier zapft. Der schaut suchend hinter sich. Matthias sagt noch etwas. Der junge Mann ergreift einen Rechnungsblock und überreicht den Matthias, dazu noch einen Stift. Wie ein Sieger kehrt Matthias an den Tisch zurück und legt den schmalen Block mit Logo und Firmennamen einer Biersorte vor Kilian. Dazu den Bleistift.

Hier. Bitte, schreib das für mich auf, was du eben gesagt hast.

Kilian schüttelt den Kopf.

Schade, sagt Matthias. Seine Stimme hört sich kühl an. Das heisere Lachen, das Kilian so gern hört, schallt spöttisch über den Tisch.

Hör auf.

Matthias hält sich eine Hand vor den Mund und schiebt sein Lachen in sich zurück. Beide trinken einen letzten Schluck. Ihre halb geleerten Gläser stellen sie auf den Tisch zurück, stehen auf wie verabredet und ziehen ihre Jacken an. Matthias nimmt den Schirm und geht zur Theke. Er reicht Opa Matti die Hand. Der schüttelt ihm die Hand und sieht zu Kilian hin, der in der Nähe der Tür steht und schüchtern zu ihm herüberschaut. Opa Matti fragt jetzt Matthias etwas. Der zieht die Schultern hoch und lässt sie wieder fallen. Vielleicht hat er ihn gefragt, ob ich verklemmt bin. Kilian hält eine Hand in Richtung Opa Matti von sich ab und dreht sie ein paar Mal in der Luft. Opa Matti winkt zurück. Elsie, die Serviererin, ist gerade nicht zu sehen.

Es tut mir leid, sagt Kilian leise zu Matthias' Rücken, als Matthias die Tür aufmacht und er hinter ihm nach draußen tritt. Ein Stück von der Tür entfernt, auf dem Sandweg zur Straße, bleiben beide stehen. Sie stehen nun wieder einander gegenüber, wie vorhin auf dem Platz, als es regnete, Kilian mit gesenktem, Matthias mit schräg gehaltenem Kopf, als lauerte er. Vom trostlos grauen Himmel fällt kaum mehr etwas Licht herunter, die Laterne am Ende des Weges, da, wo die gepflasterte Straße anfängt, ist nur für ihren kleinen Lichtkreis zuständig.

Du Fußabdruck von etwas Größerem, hört Kilian Matthias sagen, Mensch, du weißt verdammt genau, wer du bist.

Da hebt Kilian seinen Kopf und lässt ihn und alles, was darin durcheinanderwirbelt, auf Matthias' Schulter fallen, in den würzigen, säuerlichen Duft seines Halses. Es ordnet sich nichts in seinem Kopf, es fühlt sich nur an wie aufgehoben. Matthias streichelt ein paar Mal ganz sacht über Kilians Kopf, und als Kilian ihn mit einem Ruck von der Schulter und dem Duft löst, stellt er Matthias eine Frage.

Weißt du, wie Muse auf männlich heißt?

Mann, ich weiß nicht mal, was Muse auf weiblich ist.

Kilian strafft sich. Komm, sagt er, wir gehen.

Sie gehen nebeneinander an der Laterne vorbei. Als sie die Straße erreicht haben, sagt Kilian: Muse ist eine Kunstgöttin. Sie steht an der Seite von denen, die Kunst machen, und regt sie an zu Ideen und so.

Matthias lacht.

Rabenpiep, denkt Kilian und bleibt stehen wie seine Mu, wenn sie nachdenkt. Murrturtel.

Ha, ruft Matthias ein paar Schritte vor ihm, bleibt auch stehen und dreht sich zu Kilian um. Ich hab's! Männliche Muse? Muselman!

Kilian hat das Gefühl, er würde auf Matthias zusprinten. Er umarmt ihn, und Matthias lässt es sich gefallen. Mehr noch, er drückt Kilian mit beiden Armen an sich, und beide spüren durch ihre Jacken hindurch ihre Herzen pochen.

Mein Muselman, flüstert Kilian, eh sich beide loslassen und dann nebeneinander ohne noch ein Wort zu sagen bis zum Marktplatz, zum Springbrunnen laufen.

Auf Abstand achtend geben sie einander die Hand.

Bis morgen. Bis morgen.

61

Jeder geht in eine andere Richtung. Kilian will sich nicht umdrehen. Er schafft es, er dreht sich nicht um. Kein Mensch auf dem Platz, auf der Straße, Pfützen, kein Autogeräusch, nur das Knirschen unter seinen Schuhsohlen. Jetzt laut singen, eine Papageno-Arie aus der Zauberflöte, die Beatles: All you need is love, ein Schubertlied, einen Schlager mit Gitte und Rex Gildo, einen Bob-Dylan-Song, egal was, nur irgendwas mit Liebe. Ansingen gegen die Laternenstille, so dröhnend laut, dass die ganze kleinkarierte Tristesse zerstiebt. Er fängt an zu rennen. Rennt man, kann man nicht singen. Immer schneller rennt er, bis er vor der Haustür angelangt ist. Hinter dem Fenster in Mus Zimmer ist Licht.

Er macht kein Licht im Treppenhaus, niemand soll ihn sehen. Er hetzt die Treppen hoch, das Schlüsselloch findet er im Dunkeln. Leise schließt er die Tür hinter sich. Durch den Spalt der angelehnten Zimmertür drängt ein Streifen Licht in den Flur. Die Regenjacke zieht er aus und hängt sie an den Haken, wie immer. Er stößt die Tür etwas weiter auf. Über den Bildschirm des Fernsehers, der ohne Ton läuft, wandern Landschaften unter dramatisch aufgetürmten Wolken. Jemand muss diese Bilder für mich und diesen Augenblick bestellt haben, damit ich zurückfinde. Mu an der Nähmaschine, konzentriert über ihre Arbeit gebeugt, richtet sich auf und wendet sich mit ihrem ahnungslosen Lächeln zu Kilian, der, noch immer außer Puste, im Türrahmen stehen geblieben ist.

Schön, dass du da bist, Sigrid hat mir Bescheid gesagt.

Kilian stürzt zu seiner Mutter. Hinknien will er vor ihr, seinen Kopf in ihren Schoß legen. Er zieht einen Stuhl heran, setzt sich und sieht sie an, und sie dreht ihren Stuhl so, dass sie nun beinah Knie an Knie voreinander sitzen.

Hast du mir etwas zu sagen?

Er will ihr alles sagen. Dass er einen Freund gefunden hat. Dass der bei seinem Vater lebt. Dass er, Kilian, endlich, endlich wissen will, wer sein Vater ist. Aber er sieht ihr nur ins Gesicht. In ihren Augen erkennt er es wieder. Er ist da. Es gibt ihn. Sie weiß, dass sie nicht alles von ihm wissen muss. Das spürt er.

Er erhebt sich und stellt den Stuhl an seinen Platz am Tisch zurück. Ergreift eine Hand seiner Mutter und drückt einen Kuss darauf.

Gute Nacht, Mu.

Schlaf gut, mein Junge.

62

Einige Tage später fragt Kilian seine Mutter nach dem Mittagessen, als sie gerade dabei ist, den Tisch abzuräumen, ob sie schon etwas über den amerikanischen Film »Welten« gehört hat, der gerade im Kino läuft.

Nein, antwortet sie mit Fragezeichen.

Klassenkameraden haben mir von dem Film vorgeschwärmt. Und vorhin habe ich eine begeisterte Rezension in der Regionalzeitung gelesen.

Er sagt ihr nicht, dass es Matthias war, der ihm von dem Film berichtet hat und ihn gefragt hat, ob sie ihn sich zusammen ansehen wollen und dass er, als ihm Matthias den Vorschlag machte, auf die Idee kam, den Film mit seiner Mutter anzusehen und er deshalb das verlockende Angebot abgelehnt habe, trotz der Aussicht, neben Matthias im dunklen Kino zu sitzen. In jeden anderen Film mit dir, aber in den nicht. Wieso, hat Matthias beinah gekränkt gefragt, und Kilian hat irgendeine Ausrede erfunden, Kriegsfilme interessierten ihn nicht, so was in der Richtung.

Erzähl. Sie stellt das Geschirr ab und setzt sich wieder hin.

Der Film handelt von einem Vater, der aus Gründen, die in seiner Vergangenheit liegen, seinen Sohn nicht sehen darf.

Noch während er das sagt, merkt er, wie sich ihr eben noch zugewandtes Gesicht mit einem fremden Ausdruck überzieht. Abwehr liest er in ihren Augen, ihren zuckenden Lippen, und Überdruss, als wollte sie ihn gleich anschreien: Lass mich endlich in Ruhe damit! Aufstehen, zeigt ihm ihre Körperbewegung, ein unwillkürliches Sich-Vorbeugen, raus hier, nichts wie raus mit dem Geschirr, weg von dieser bohrenden Hartnäckigkeit. Und sie bleibt doch sitzen wie von einer unsichtbaren Schnur an den Stuhl gefesselt. Sie zwinkert nervös und schluckt und kneift die Lippen zusammen.

Kilian beißt sich auf die Lippen. Jetzt reicht's, denkt er. Ist mir jetzt egal, was das mit dir macht, Mutter.

Der Vater, beharrt er also und beobachtet sie kalt – der Vater sucht nach seinem Kind, das schon lange kein Kind mehr ist. Irgendwann begegnen sich Vater und Sohn und nähern sich einander an, bis sich ihre Wege wieder trennen. So ungefähr.

Sie schüttelt langsam den Kopf, als glaubte sie weder das, was er ihr sagt, noch die harte Stimme, mit der er es ihr sagt. Kilian spürt es, er hat sie gepackt, er quält sie mit jedem Wort. Er beobachtet sich selbst, den Beobachter seiner Mutter. So kann ich also auch sein, so gnadenlos. Den ganzen Rückweg von der Schule habe ich mir vorgestellt, wie sie mein Angebot ablehnen wird.

Ich würde mir den Film gern mit dir ansehen. Ich lade dich ein.

Sie blickt, noch immer schwach kopfschüttelnd, zur Seite. Kein Wort.

Starr das Kinn gegen den Hals gedrückt, sitzt Kilian da, die Mutter im Blick, seine Mu, die ihn in dieser Minute von einer auch ihm selbst nicht geheuren Seite aushalten muss. Er muss sich selbst aushalten mit allem, was in ihm vorgeht, und es ist ihm, als läse er Gedanke für Gedanke ab, was auf einem weißen Blatt in seinem Kopf als Zusammenfassung geschrieben steht.

Der Film sticht in ihr Tabu. Was nur im Entferntesten mit dem Thema Vater zusammenhängt, sie schweigt es weg. Damals, wie lang ist das her, auf dem Friedhof, was sie mir da über meine ersten drei Jahre gesagt hat, das waren nur Fakten, aber wie sie mir das gesagt hat, das ging in mich rein und ist für immer in mir drin geblieben. Stockend und karg hat sie zu mir gesprochen und so furchtbar traurig, als müsste sie sich selbst herausreißen aus dem Grund, weswegen sie und ich zusammen auf der Welt sind.

Als er an die Traurigkeit seiner Mutter denkt, löst sich sein Kopf aus der angespannten Haltung, Vielleicht, überlegt er, kommt einem das Aussprechen von etwas, das irgendwann im Leben geschehen und lange vorbei ist und das einem doch niemals aus dem Kopf oder aus dem Herzen verschwindet, weil es ja etwas mit einem gemacht hat – vielleicht kommt einem das alles dann wie eine Verkleinerung vor, oder es erscheint einem in dem Moment, wenn es ausgesprochen wird, wie eine Ausrede, und darum lässt man es nicht aus sich raus.

Er kratzt sich am Kopf, wirft dabei einen scheuen Blick zur Mutter. Sie sitzt immer noch so abwehrend da.

Woher, fragt er sich, glaubst du so was zu wissen, Mensch? Keine Ahnung. Aber eines weiß ich. Was man mit Wörtern zu sagen versucht, ist sowieso nur ein Ersatz für das, was man ausdrücken will. Ist natürlich immer noch besser, als gar nichts zu sagen. Quatsch. Wörter sind kein Ersatz. Wörter sind echt, sie sind gewachsen, sie hören nicht auf zu wachsen, sie sind, wenn es darauf ankommt, so etwas wie eine Brücke, ja, Brückengeländer sind sie, die Wörter.

Er seufzt. Was denke ich da. Immer, wenn mir was wichtig ist, denke ich los.

Die Mutter hat Kilians Seufzer gehört. Wie sie jetzt den Kopf hebt und an ihm vorbeisieht und immer noch nichts sagt, kommt sie ihm wie eine Gegnerin vor. Er runzelt die Stirn. Über alles und noch viel mehr können wir miteinander reden, Meinungen tauschen, streiten, nur der Vater, der wird stur ausgelassen. Der Film, wenn wir uns den zusammen ansehen, könnte eine Brücke sein.

Vom Vater, den es doch geben muss oder, wenn er nicht mehr lebt, gegeben haben muss, über das Verschweigen hinweg zu ihm, zu Kilian, dem Sohn.

Was ist los, was hast du denn, fragt er scheinheilig.

Ihre Antwort ist ihr verwundeter Blick. Er bemerkt die Schluckbewegung an ihrem Hals, ehe sie den Kopf wieder senkt.

Sie kann mir nicht mal sagen, was gerade in ihr vorgeht. Dass es ihr peinlich ist, einen Film mit mir anzusehen, der von Vater und Sohn handelt. Mehr als siebzehn Jahre schleppt sie es, wie soll ich es nennen, dieses Es, mit sich herum. Das Unerledigte, Weggehaltene. Das Schmorende. Den Schmerz, der nicht aufhört, die Seele wund zu kratzen, trägt sie immer weiter mit sich allein herum. Alleinschmerz. Schmerzsolistin. Die paar Tatsachen, die sie rauslassen konnte, hat sie auch Sigrid mitgeteilt. Die verdammte Abhängigkeit von der Mutter, die verdammte Angst, das verdammte schlechte Gewissen. Ja, das weiß ich alles. Die Tatsache, dass ich trotzdem auf die Welt gekommen bin. Und so weiter. Was aber schließlich jemand verursacht hat. Mein Vater. Mit ihr. Von diesem Jemand, von meinem Vater, weiß ich nichts.

Kilian und seine Mutter sitzen noch eine endlose Weile in ihren Gedanken am Tisch. Sie starren in den Tunnel, an dessen Ende kein Licht aufscheint. Draußen schlägt eine Autotür zu. Kilian atmet tief ein und aus und springt vom Stuhl auf.

Er packt sie am Handgelenk.

Wer, verdammt, wer ist mein Vater?

Er hat seine Frage so laut herausgeschrien, dass er vor der eigenen Wut erschrickt. Sein Schreck dauert nur einen Moment. Er lässt die Mutter los, hält sich die Hand, mit der er sie gepackt hat, vor den Mund und ballt sie zur Faust. Diese Heftigkeit eben, die ist richtig. Warum habe ich es sie nicht schon viel eher gefragt? Warum hat sie es mir nicht viel früher schon von sich aus gesagt? Warum musste ich erst damit anfangen?

Die Mutter hält seinem Blick stand.

Lange sehen Mutter und Sohn einander an. Feindselig kommt Kilian ihr Blick vor, genauso feindselig, wie er sich in diesem Augenblick vor ihr fühlt. Dann senkt sie ihren Blick und starrt vor sich hin. Traurig. So traurig wie Kilian.

Ehe sie endlich antwortet, sieht sie noch eine Weile an ihm vorbei. Was Kilian von ihr wissen will, steht wie verschwommen neben ihm und hinter ihm. Sie muss es für ihn erst genauer werden lassen. Es könnte gleich wieder verschwinden und sich unsichtbar machen in ihr. Sie muss sich konzentrieren.

Dein Vater, sagt sie endlich leise, aber deutlich und immer noch an Kilian vorbei – dein Vater ist ein verheirateter Mann. Er ist so alt wie ich. Er heißt … Sie sagt seinen Vornamen und Nachnamen.

Geistesgegenwärtig sieht Kilian um sich und entdeckt ein abgerissenes Stückchen Papier auf dem Sofa. Er springt auf, nimmt das Papier, setzt sich wieder, legt es vor sich auf den Tisch, streicht es glatt und kritzelt Vornamen und Nachnamen hin. Dann fasst er seine Mutter sachlich ins Auge, ein Kriminalbeamter, der von der zögernden Täterin ein umfassendes Geständnis erwartet.

Nach einem tiefen Atemzug holt sie ihren Blick aus der Ferne zurück in ihre und Kilians Gegenwart, senkt ihn in die Augen ihres Sohnes. Als sie nun anfängt zu reden, spürt Kilian, dass sie es sich endlich von der Seele redet.

Er hat zwei Kinder. Sie müssen damals noch sehr klein gewesen sein. Sie sind nur wenig älter als du. Er lebt mit seiner Familie in … Sie nennt den Namen der nach dem Krieg gebauten Nachbarstadt, in der sich die Fertigteilefabrik befindet. Dort arbeitet er als Maschinenbauingenieur, ich nehme an, noch immer. Er war damals hier, um sich nach einem Grundstück umzuschauen. Bei einem seiner Gänge durch die Stadt begegneten wir uns. Er sprach mich an. Ich fand ihn sympathisch. Mehr als das. Ja, so war es. Großmutter war gerade zur Kur und Miriam verreist, so ergab es sich, dass ich ihn nach einem ersten Kaffee im

Café am Markt nach Hause einlud. Als er mich ansah und mir nette Dinge sagte …

Sie seufzt. Es hört sich wie Schnaufen an. Sie nimmt eine Hand vor den Mund, als wollte sie an den Nägeln knabbern. Sie lässt die Hand auf den Tisch fallen. Ihre beiden Hände liegen nebeneinander vor ihr auf dem Tisch wie zwei nutzlose Dinge.

… da habe ich gemerkt, wie viel Sehnsucht in mir war. Ja, Mensch, Kilian, ich ließ mich verführen. Er besuchte mich ein paar Mal. Dabei bist du entstanden, mein Junge. Ehe ich es wusste und ehe er es wusste, war er schon wieder aus meinem Leben verschwunden.

Aus unserem Leben, denkt Kilian.

Mit den Nägeln der einen Hand verkrallt er sich in der anderen Hand, bis er das Gefühl hat, es blutet. Er lässt los, steht auf, nimmt den Zettel mit dem Namen, steckt ihn in die Hosentasche und geht ohne ein Wort aus dem Zimmer. Die Mutter hört die Wohnungstür zuschlagen.

63

Es regnet. Er kehrt um, seine Regenjacke holen. Von der Diele aus sieht er seine Mutter mit gesenktem Kopf an der Nähmaschine. Er rennt die Straße hinunter ans Ende und weiter, bis vor die Stadt rennt er und rennt. Irgendwo auf dem Wiesenweg hält er an, um zu verschnaufen. Er zermahlt seinen Zorn und seine Wut mit den Kiefern, bis es ihm wehtut. Er ist allein. Allein mit der Stille und dem Geräusch des Regens. Allein, wie meistens. Er ballt seine Fäuste und reckt sie und schüttelt sie in der Luft und reißt den Mund auf. Vater! Verdammter Vater! Scheißkerl! Verdammtes Arschloch! Wer bist du?

Er jault und heult und schreit, bis er lacht. Bis er merkt, dass er schon wieder Hunger hat. Er geht nach Hause.

Mutter hat den Kaffeetisch gedeckt wie normalerweise nur sonntags, wenn Sigrid mit dem Kuchenpäckchen kommt. Sie muss inzwischen zum Bäcker gegangen sein und für jeden ein Stück Kuchen gekauft haben. Für sich Apfel-Streusel und für ihn ein Stück von der teuren Käse-Himbeer-Torte. Der Kaffee wird in der Kanne auf dem kleinen Rechaud von einem Teelicht warm gehalten. Sie gießt ihm ein. Sie verputzen den leckeren Kuchen, nippen an ihren Kaffeetassen und reden kein Wort. Ein paar Mal schielt Kilian unauffällig zu ihr hin.

Niemals wird er aufhören, seine Mu zu lieben.

Er steht auf, stellt sich hinter ihren Stuhl und umarmt sie samt ihrer Stuhllehne. Dann geht er in sein Zimmer, macht die Tür leise hinter sich zu und lässt sich für diesen Tag nicht mehr blicken.

64

Der Zettel mit dem Namen steckt noch in seiner Hosentasche. Kilian zieht den Zettel heraus. Lesen muss er den Namen nicht. Er zerknüllt ihn in der Faust und schmeißt ihn in den Papierkorb. Er setzt sich auf seinen Stuhl, bückt sich, nimmt das oberste von den leeren Schulheften, die er auf Vorrat unter seinem Schreibtisch stapelt, schlägt es auf und legt es vor sich. Er ergreift den Füllhalter, den ihm Sigrid zum letzten Geburtstag geschenkt hat, zieht die Kappe ab und steckt sie auf das hintere Ende. Er wird jetzt seinen Brief schreiben. Erst entwerfen. Später ins Reine auf einen DIN-A4-Bogen. Die Spitze der goldglänzenden Feder hat bereits einen Tintenpunkt aufs Papier gesetzt. Kilian hebt den Kopf, sieht raus. Es hat aufgehört zu regnen. Am gewaschenen Herbsthimmel rekeln sich ein paar Wolken. Er fühlt sich verhöhnt von dem auf einmal so guten Wetter. Wären Marionettenpuppen aus Fleisch und Blut, müssten sie sich vorkommen wie er jetzt. Wie ist das möglich, entschlossen zu sein, genau zu wissen, was man vorhat, und im gleichen Atemzug vollgestopft zu sein mit nichts?

Wie soll er den Mann anreden?

Der Füller ist ihm zu schade für solche Banalitäten. Er steckt die Kappe auf, legt ihn hin und nimmt einen Bleistift. Damit probiert er die Anreden, die ihm einfallen. Lieber Herr S. Sehr geehrter Herr S. Lieber, sehr geehrter Herr Vater. Lieber Vater. Wütend streicht er alle durch. Er hört Schritte auf der Straße. Ein Mann mit Einkaufsbeutel, Nachbar aus dem Hochparterre, nähert sich, betritt den Weg zur Haustür, die er aufschließt. Flaschen, vermutet Kilian. Es wäre gut, jetzt auch was zu trinken zu haben, ja, was Alkoholisches, Bier oder Wein. Kilian verkneift sich seinen Durst, bleibt sitzen. Bloß nicht kompliziert, denkt er, schreib so über dich, dass dein Vater nicht auf den Gedanken kommt, es mit einem Verrückten zu tun zu haben. Er starrt auf die durchgestrichenen Anreden. Heulsuse, knirscht er, als er sehen muss, wie die bleistiftgrauen durchgestrichenen Anreden unter seinen Augen unscharf werden. Weichling, schnieft er. Mit dem Pulloverärmel schiebt er die Tränen vom Gesicht und schreibt los.

Sie kennen mich nicht. Ich bin Ihr Sohn. Meine Mutter Marianne hat mir erzählt, wie sie und Sie sich begegnet sind. Ich bin siebzehn Jahre alt und wohne in Tingen. Erst haben meine Mutter und ich im Haus der Großmutter gelebt. Seit diese tot ist, wohnen wir in der Metallarbeitersiedlung. Ich besuche in Tingen das Gymnasium und bin in der elften Klasse. Ich wüsste gern, wer mein Vater ist. Ich würde Ihnen so gern gegenübertreten. Ich möchte wissen, wer Sie sind. Leider haben wir kein Telefon.

Name, Adresse.

Kilian legt den Bleistift beiseite. Er schüttelt den Kopf, kann gar nicht aufhören, seinen Kopf zu schütteln über die paar Sätze, die er sich da eben aus dem Hirn gesaugt hat. So ein braves Zeug soll ihn charakterisieren, ihn, Kilian, Sohn seiner Mutter, der ihn endlich sehen will, seinen Vater. So was Langweiliges soll den Mann neugierig machen auf den Sohn, von dem er bis eben keine Ahnung hatte. Er wird den Brief mit dem fremden Absender ungelesen durchreißen und in den Papierkorb werfen. Falls er sich überhaupt die Mühe macht und den Brief aufmacht und liest, wird er sagen: Lohnt sich nicht.

Er kratzt und pult an seinen Pickeln, beschaut sich die blutigen Fingerspitzen. Das müsste der jetzt sehen. Was würde er dazu sagen? Wie würde er ihn ansehen?

Kilian hebt den Kopf, sieht wieder aus dem Fenster. Lächeln, anlächeln würde ihn der Vater, wie Kilian es schon bei anderen Vätern beobachtet hat, wenn die ihre Kinder im Blick haben. Nachsichtig würde ihn der Vater betrachten, so, dass er, der picklige Sohn, sich nicht schämen muss. Junge, als ich so alt war wie du, hatte ich auch jede Menge davon im Gesicht. Jeden Tag neue. Mach dir nichts draus, die verschwinden. Wie bei mir.

Die Pickel, die Haare und beim Aufwachen die feuchten Flecken, du weißt schon, all das Zeugs, was einen unsicher macht und mitnimmt, das bringt jeder junge Mann hinter sich. Der eine früher, der andere etwas später.

Kilian hört die Vaterstimme in sich, das Wohlwollen, das Verstehen. Er wendet sein Gesicht vom Fenster ab und starrt vor sich hin. Er schluckt und lässt die Tränen laufen. Es sieht ihn ja niemand. Er könnte aufstehen, zu Mu, sich vor sie hinknien, seinen Kopf in ihren Schoß legen. Sie würde nicht fragen, was mit ihm los ist. Sie weiß es ja. Sie würde ihm nur ganz sacht übers Haar streichen. Aber er will jetzt nicht von seiner Mu getröstet werden. Er will es wissen. Wenn man sich seinem Vater, einem fremden Menschen, vorstellt und ihm mitteilt, ihn kennenlernen zu wollen, kommt es dann wirklich darauf an, sich gewählt, also irgendwie besonders auszudrücken?

Kilian zerreißt seinen Briefentwurf nicht. Erst mal drüber schlafen. Er faltet das Blatt und schiebt es zwischen zwei Bücher. Pinkeln muss er. Beim Händewaschen fällt ihm ein, dass er ja die Adresse gar nicht weiß. Falls der Mann, der Vater, da überhaupt noch wohnt. Mit seiner Familie, zu der er, Kilian, sein Sohn, nicht gehört. Wozu gibt es Telefonbücher. Die kleinen Orte und Städte des Kreises sind darin vereint. Gleich morgen wird er im Schulsekretariat nachschauen. Oder lieber bei Sigrid.

So viel Aufhebens um einen Fremden, einen Samenfaden.

Kilian, verwirrt und beschämt vor dem kleinen Spiegel über dem Waschbecken. Einer, der sich nicht fühlt, sich nicht kennt, sich nicht einmal ansieht. Wer bist du, hört er Matthias, sieht seine fragenden Augen. Keine Ahnung. Der Fußabdruck von etwas Größerem, ha, der bringt ihn nicht weit. Unordnung quirlt im Kopf, im Herzen. Nichts ist in ihm, nicht einmal Unordnung. Wie lässt sich Verlegenheit lösen, diese unendlich verkleinernde Macht, die nicht herrscht, nicht bestimmt, die einen nur aufbläht. Mit nichts als Sinnlosigkeit.

Auf dem Rücken zu liegen ist in diesem Fall vielleicht die geeignetere Position zum Überlegen. Daliegen, doch nicht wie Kafkas Käfer mit hilflos in der Luft rudernden Beinchen. Mit ausgestreckten Beinen, die Arme hinterm Kopf verschränkt. Hinter Kilians geschlossenen Augen entwickelt sich ein anderer Brief.

Hallo, Vater, hier bin ich, Dein Sohn, den Du nicht kennst. Ich nehme an, Du weißt gar nicht, dass Du mich damals zusammen mit meiner Mutter gemacht hast. Vielleicht glaubst Du es nicht, aber es ist wahr. Ich hoffe, Du willst mich kennenlernen. Und ich Dich. Ich bin ein bunter Vogel geworden, was heißt geworden, vermutlich war ich von Anfang an etwas anders als die meisten.

Es hat lange gedauert, bis mir meine Mutter alles erzählt hat.

Den Brief im Kopf schläft Kilian ein. Im Morgengrauen, lange bevor Mu an seine Tür klopft, wacht er auf, angezogen und unbedeckt und immer noch auf dem Rücken liegend. Seine Straßenschuhe müssen ihm von den Füßen gerutscht sein, sie liegen in der Gegend des Fußendes neben dem Bett auf dem Boden. Im Gefühl, außer Puste zu sein, wacht er auf. Den Traum hat er behalten.

Eine Straße. Kopfsteinpflaster. Er rennt mitten auf der Straße. Er ist barfuß, er ist nackt. Helle Bäume am Rand. Häuser mit Gärten. Bäume um die Häuser herum. Die Gartenzäune sind hoch. Die Zaunlatten sind schwarz. Irgendwo leuchtet ein Gelb. Ein gelb gestrichener Zaun. Er rennt über das unregelmäßige Pflaster auf den gelben Zaun zu. Die schwarzen Zäune rennen mit. Der gelbe Zaun rückt immer weiter weg, je schneller er rennt.

65

Am Montag, weiß Kilian, hat Sigrids Friseursalon geschlossen. Zum Glück ist Dienstag. Stunde für Stunde sitzt er brav auf seinem Platz, hütet sein Herzklopfen und tut so, als passte er auf. Jemand, wohl die Deutschlehrerin, vielleicht auch eine Mitschülerin, lobt die Gestaltung und den Inhalt der Wandzeitung, andere schließen sich dem Lob an, er tut so, als freute er sich, und bedankt sich für die Anerkennung. In den Pausen steht er mit den anderen auf dem Schulhof herum und tut so, als unterhielte er sich mit ihnen. Was ist denn mit dir los heute, fragt ihn Matthias. Du kennst mich, denkt Kilian, dir kann ich nichts vormachen – doch er schaut nur stumm aus großen Augen zu Matthias zurück. Nicht einmal dieser Frage aus dem Mund von Matthias und seinem neugierigen und besorgten Blick gelingt es, Kilian aus seiner erregten Abwesenheit zu erlösen.

Noch während des Klingelns zum Ende der letzten Stunde rafft er seine Sachen zusammen, wirft sich die Jacke über die Schultern und stürzt ohne Blick und Gruß vor den anderen raus aus der Klasse, raus aus der Schule. Er rennt über den Schulhof, öffnet die Hoftür nach draußen, lässt sie hinter sich offen stehen, rennt zu Sigrids Friseursalon.

In der letzten Zeit renne ich ganz schön viel, fällt ihm ein, als er vor dem Friseursalon angelangt ist und einen Moment verschnauft, ehe er die Klinke der Ladentür niederdrückt. Es ist gerade niemand im Laden, Sigrid kommt durch den Vorhang vor dem hinteren Raum, eine Kundin erwartend, doch als sie den Sohn ihrer alten Freundin erkennt, geht sie schwungvoll auf ihn zu und umarmt ihn. Hallo, Kilian! Sie strubbelt ihm auf dem Kopf herum. Mal wieder Haare schneiden?, erkundigt sie sich, als sie ihn loslässt.

Nein, heute nicht, Sigrid. Ich brauch nur mal das Telefonbuch, bitte.

Gern, sagt Sigrid, warte. Sie verschwindet hinter dem Vorhang und taucht gleich wieder mit dem Telefonbuch auf. Kilian würde es ihr am liebsten aus der Hand reißen, aber er hält sich zurück und nimmt es betont ruhig entgegen. Darf ich, fragt er und weist auf die Reihe der Wartestühle.

Aber natürlich.

Kilian stellt seine Schultasche neben einem Stuhl ab und setzt sich hin. Das Telefonbuch liegt auf seinen zusammengedrückten Knien.

Was suchst du denn, will Sigrid wissen.

Ach, nichts.

Na, dann such mal nichts, lacht Sigrid.

So ein tiefsinniger Vorschlag fordert natürlich zu einer entsprechenden Entgegnung heraus, und die fällt ihm tatsächlich auch ein.

Sartre lässt grüßen.

Eine Frau betritt den Salon. Grüß den Herrn bitte zurück, kontert Sigrid mit ihrem spöttischen Lächeln und wendet sich dann harmlos lächelnd der Kundin zu.

Kilian schlägt das Telefonbuch auf.

Es enthält, weiß er, in alphabetischer Reihenfolge die Orte des Landkreises und innerhalb der Orte die Adressen, Postleitzahlen und Anschlussnummern der Telefonbesitzer. Zuerst also der Name der Nachbarortes. Mit der Spitze seines rechten Mittelfingers blättert Kilian Seite für Seite um, jede Seite antwortet mit leisem Knistern. Das Geplauder der Frauen und das helle Rauschen aus dem Wasserhahn erreicht ihn kaum, wie aus weiter Ferne bekommt er mit, dass eine weitere Kundin den Laden betritt, grüßt, begrüßt und gebeten wird, einen Moment zu warten. Die Frau setzt sich zwei Stühle weiter und nimmt sich eine Illustrierte.

Kilian hat den Nachbarort gefunden. Da blättert er sich nun Buchstabe für Buchstabe durch, bis er beim Anfangsbuchstaben des Nachnamens angelangt ist. Feinabstimmung, das Wort in seiner ganzen Vieldeutigkeit kommt ihm in den Sinn, als er mit dem Zeigefinger die Reihe der Namen durchgeht und bei dem gesuchten Nachnamen und Vornamen haften bleibt. Beide gibt es nur einmal, eine Verwechslung ist also nicht möglich. Kilian, aufatmend, spürt, Sigrid beobachtet ihn.

Er hebt den Kopf und sieht ihren ernsten, forschenden Blick auf ihn, während sie das gewaschene Haar ihrer Kundin mit einem Handtuch trocknet. Sie hat es bestimmt erraten, um was es sich handelt, das Nichts, das ich suche, denkt er, nickt zu ihr hin, und sie nickt wissend zurück. Er dreht das aufgeschlagene Telefonbuch auf seinen Knien um und greift hinter sich, um das Notizbuch und den Kugelschreiber aus der Gesäßtasche zu ziehen. Seine Schultasche ist trotz seiner Unruhe brav an der Seite des Stuhls stehen geblieben. Er dreht das Telefonbuch wieder um und legt das Notizheft so darauf, dass er die Adresse und die Telefonnummer bequem abschreiben kann. Beim Schreiben zittert ihm die Hand. Ein Gefühl von Feierlichkeit überkommt ihn, als notierte er etwas Geheimes, mehr noch, etwas Heiliges. Er steckt Notizbuch und Kugelschreiber in die Gesäßtasche zurück, schlägt das Telefonbuch zu und erhebt sich vom Stuhl. Als er sich nach seiner Schultasche bückt, wird ihm schwindelig, aber er fängt sich.

Sigrid, die nun mit dem Durchkämmen der gewaschenen Haare ihrer Kundin beschäftigt ist, sieht durch den Spiegel zu Kilian hin. Leg es auf die Ablage, bittet sie ihn.

Er geht zu Sigrid, küsst sie auf die Wange.

Ich hab wieder einiges für Marianne, sagt sie, drückt ihm auch einen auf und zwinkert ihm zu, ich komm heute Abend vorbei!

66

Vor Aufregung sieht Kilian nicht nach rechts, nicht nach links, als er im Begriff ist, die Straße zwischen Geschäftszeile und Marktplatz zu überqueren. Beinah läuft er in ein Auto. Erschrocken weicht er zurück, hört wütendes Hupen, sieht nicht hin, wartet nun, wie es sich gehört, nach rechts und links schauend ab, bis kein Auto kommt, und geht dann energisch die Schultasche schwenkend wieder los.

Nach ein paar Schritten auf dem Marktplatz hört er ein Trappeln neben sich und gleich darauf eine sehr helle Stimme.

Hast du aber Glück gehabt!

Mehr erstaunt als erschrocken blickt Kilian in die Richtung des Ausrufs. Die Kleine aus der Wohnung gegenüber tippelt neben ihm und guckt aus großen Augen zu ihm hoch. Ihr rötlich blondes Haar ist am runden Hinterkopf zum Pferdeschwanz zusammengebunden. Dichte Wimpern in der Farbe des Haars umranden ihre Augen. Blaue Augen. Sie leuchten so blau, wie Matthias' Augen grün leuchten. So arglos.

Kilian schnauft leise, wie man schnauft, wenn man sich ein aufgeregtes Lachen verkneift. Wer hat dieses kleine Mädchen ausgerechnet jetzt an meine Seite gezaubert? Ein Zufall? Dass ich nicht lache. Zufall ist doch immer nur der Künstlername irgendeiner Absicht.

Kopfschüttelnd blickt er wieder geradeaus, Hitze im Gesicht. Es wundert ihn nicht zu merken, dass er rot geworden ist.

Seit sie in der Siedlung wohnen, sieht Kilian die kleine Nachbarin hin und wieder nachmittags im Treppenhaus. Er hat mitbekommen, wie sie größer wurde, ohne einen Gedanken darüber zu verlieren. Als er in die siebte Klasse kam, fing für sie die Schule an, also wird sie jetzt neun Jahre alt sein und in die dritte oder vierte Klasse gehen. Obwohl sie beide in dasselbe Schulgebäude müssen, sind sie sich weder morgens vor der Schule noch mittags je im Haus und auch nicht außerhalb des Hauses begegnet. Wahrscheinlich geht sie früher los, weil sie kürzere Beine hat, entsprechend später ist sie zu Hause. Begegnen sie sich mal auf der Treppe und niemand ist bei ihr, lächelt sie ihn schüchtern an. Sind ihre Eltern dabei, verkneift sie sich ihr Lächeln, er erkennt es trotzdem. Irgendwann am Anfang, als sie da wohnten, hat er sie angelächelt, das weiß er noch. Bei dem Kind hat er sich das getraut. Und das kleine Mädchen, statt wegzuschauen, wie er es von den anderen im Haus gewohnt ist, es hat ihm ins Gesicht gesehen und ganz schnell zurückgelächelt. Bei der wortlosen Heimlichkeit zwischen ihm und dem Nachbarskind ist es geblieben, all die Jahre, bis eben.

Die Kleine wird nicht ahnen, wie gut es ihm tut, von ihr angelächelt zu werden. Vielleicht ahnt sie es doch, vielleicht tut ihr seine Beachtung auch gut. So, wie er sich angewöhnt hat, das Hässliche, Gemeine mit Wörtern abzuschießen, will er auch das Schöne, Zauberhafte und seine Freude festhalten. Flaumhauch war ihm nach einer Treppenbegegnung eingefallen, er hat es sich gleich notiert. Ein andermal kam er auf ein helles Blatt, das durch die Luft segelt und sacht auf meinem Gesicht landet. Seelentaste.

Vielleicht ist ihm bisher keine Augenfarbe oder sonst etwas an ihr aufgefallen, weil er sich auf das Lächeln konzentriert hat. Etwas Helles außerhalb von Mus und seiner Wohnung in diesem öden Haus. Das eilt ihm durch den Kopf, als er die Kleine ansieht und als er den Kopf hebt und wieder geradeaus schaut.

Stimmt, sagt er laut zu ihr, Glück gehabt!

Nebeneinander gehen sie weiter über den Platz. Kilian gibt sich Mühe, kleinere Schritte zu machen, damit seine Nachbarin nicht rennen muss. Leute gehen, hasten, schlendern ihnen ahnungslos entgegen oder an ihnen vorbei. Dass sich gerade etwas Besonderes ereignet, hat wahrscheinlich außer den beiden Betroffenen nur der kleine Terrier gemerkt. Mit gespitzten Ohren hat er Richtung Kilian und Mädchen an der Leine seines Frauchens gezerrt, wollte ihnen offenbar etwas mitteilen, aber die Frau zog den Hund heftig in ihre Richtung zurück.

Glück gehabt!, hallt es in Kilian nach. Glück, dass ich nicht vors Auto gelaufen bin, Glück, dass ich jetzt die Adresse und die Telefonnummer meines Vaters in der Tasche habe. Glück, dieses kleine Mädchen, meine Nachbarin, die so selbstverständlich neben mir hertippelt, als wäre ich ihr großer Bruder.

Kilian schaut noch einmal zu ihr herunter, und sie sieht zu ihm hoch, und beide schütteln den Kopf wie über ein Wunder und blicken wieder geradeaus. Was für ein Glückstag heute! Da hat der große unsichtbare Glücksverwalter offenbar gerade in dem Moment, als ich an ihm vorbeikam, in seine Tasche gegriffen und Glückskonfetti ausgestreut, und ich habe unverhältnismäßig viel davon abgekriegt. So viel Glück auf einmal, ist das ein Zeichen, denkt sich Kilian, ein gutes Zeichen ist das, ich werde es nutzen. Gleich nach dem Mittagessen zum Bahnhof. Mu erst mal nichts davon sagen. Die Regionalbahn fährt jede Stunde, wenn ich ein bisschen warten muss, das macht nichts.

Er spürt eine Berührung der Schultasche an seiner rechten Hand, ein vorsichtiges Anklopfen.

Entschuldige, sagt er zu der kleinen Hand, die seine Tasche berührt hat, ich bin wohl eben etwas zu schnell gegangen.

Bist du nicht. Ich kann ja auch schneller gehen. Wie heißt du?

Kilian bleibt stehen. Sie bleibt es auch.

Kilian, sagt er vernehmlich zu der Fragerin herunter.

Kilian, hört er.

Mit dieser zarten, hellen Stimme gesprochen klingt mein Name wie ein gepiepster Zwischenton, der Name eines Engels. Werd jetzt bitte nicht kitschig, tadelt sich Kilian.

Und wie heißt du?, fragt er heiser.

Maria.

Oh, sagt er und verkneift sich sein Grinsen. Ich hätte sie, denkt er, eigentlich gleich fragen können, ob sie Maria heißt.

Stört es dich, wenn ich Marie zu dir sage?

Sie hält ihren Kopf schief, ihr rotblonder Pferdeschwanz schmiegt sich an ihre Schulter. Sie schließt die Augen, überlegt und öffnet die Augen wieder. Kannst Marie zu mir sagen, aber nur, wenn niemand da ist.

Schweigend gehen sie weiter.

Kurz vor der Ecke zur Stapelkettenstraße klopft Marie noch einmal leise an Kilians Schultasche. Sie wartet nicht ab, wie er reagiert, sie will sich nur wieder bemerkbar machen.

Was machst du besonders gerne?

Kilian muss seine Augen nicht schließen und nicht überlegen. Schreiben, sagt es aus ihm. Und nachdenken.

Oh! Marie lässt Kilians Antwort kurz auf sich

wirken. Dann schaut sie wieder zu ihm hoch. Und über was schreibst du und über was denkst du nach?

Schreiben über das, was ich sehe. Nachdenken über Wörter.

Noch nie hat er, was er besonders gerne macht, einem anderen Menschen so schnell und so schlicht anvertraut. Er ist ja auch noch nie danach gefragt worden. Die Frage ist genauso bedeutsam, genauso lebenswichtig wie die Frage von Matthias im Fischrestaurant: Wer bist du. Und dieser andere Mensch, ein kleines Mädchen, das in die dritte oder vierte Klasse geht und Maria heißt, Kind von Nachbarn, engstirnigen Leuten – schaut Kilian im Weitergehen von unten herauf an, als verstünde es das sehr gut, was er besonders gerne macht.

Und was machst du besonders gern?, fragt er die Fragerin leise.

Malen, antwortet sie und wiederholt es noch einmal: Bilder malen.

Wo hebst du denn deine Bilder auf?

In der Schule. In der Klasse. Bei meiner Lehrerin.

Sie sind vor dem Haus angelangt. Kilian öffnet die Haustür und lässt die Kleine vorgehen. Auf der letzten Treppe lässt er noch die Frage heraus, die er ihr eigentlich gleich stellen wollte, als sie ihm sagte, sie male besonders gern.

Könnte ich mir deine Bilder denn mal ansehen?

Sie bleibt stehen, dreht sich zu ihm um, nickt. Schule, flüstert sie. Das Offene, Neugierige ist aus ihrem Gesicht verschwunden. Sie hat die Schultern hochgezogen. Also, tschüss, liest er von ihren Lippen ab. Sie wartet, ehe sie klingelt, bis Kilian hinter seiner Tür verschwunden ist.

Beim Essen erzählt Kilian nichts von seiner Begegnung mit der Nachbarstochter, nichts von seinem Erstaunen. Wenn mehr Zeit ist, innere Zeit, vielleicht am Abend. Oder morgen. Gleich wird er sich auf den Weg machen. Geld für Hin- und Rückfahrkarte hat er.

Du siehst aus, als wolltest du mir etwas sagen, sagt Mu, während sie eine Ladung Spaghetti auf die Gabel rollt.

Kilian lächelt, halb schuldbewusst, halb geheimnisvoll. Ach Mu, sagt er und schluckt seinen Happen runter, du meine Wahrsagerin. Sie kichert. Das ist das Mittagsgespräch. Sie essen alle Spaghetti und die Fleischsoße auf, zum Nachtisch Quarkspeise, er hilft ihr noch abräumen, wuppt seine Regenjacke vom Haken, reißt die Wohnungstür auf, ruft: Bis nachher!, zieht die Tür zu und springt, sich dabei die Jacke überziehend, die Treppen hinunter.

67

Er hetzt los. Stapelkette bis zur Ecke, rechts herum in die Straße zum Springbrunnenplatz. Vorbei an Mietkasernen, Bäckerei, Kneipe. An Leuten vorbei. Er starrt auf die Pflasterplatten des Bürgersteigs, hört die Schuhsohlen tappen, spürt sein Herz, wie es klopft. Er fasst hinter sich, ertastet das Notizheft mit der Adresse in der Jeanstasche. Bleib ruhig, geh nicht so schnell, befiehlt er sich. Wenn dein Herz jetzt schon verrücktspielt, wie soll es sich erst verhalten, wenn es so weit ist. Wenn wir voreinander stehen, mein Vater und ich.

Er geht langsamer und bleibt auf einmal stehen und starrt auf das Pflaster. Er sieht sie vor sich, die Tür, die aufgehen soll. Eine Tür aus Holz, eingelassen ein schmales rechteckiges Fenster aus geriffeltem Glas. Unwillkürlich hebt Kilian den rechten Arm. Der Daumen spreizt sich ab, will auf den Klingelknopf drücken. Der Kopf, der sich beschämt und wütend aus sich selbst heraus schüttelt, holt den Tagträumer auf den Marktplatz zurück, den er überqueren muss, um zum Bahnhof zu gelangen. Kilian hebt den Kopf, den Blick und geht weiter in seinen Gedanken.

Und wenn auch nach dem zweiten Klingeln niemand die Tür aufmacht? Wenn überhaupt niemand da ist? Wenn die Ehefrau zu Hause ist, aber nicht er? Was soll ich dann sagen? Mich entschuldigen? Mir irgendeine Lüge einfallen lassen? Falsche Hausnummer oder so? Vielleicht, fällt ihm mit einem Seufzer ein, vielleicht wäre es doch besser, wenn dann jemand bei mir ist. Matthias. Ja, Matthias. Ihn fragen, ob er mitkommt. Ich war noch nicht bei ihm, aber wo er wohnt, das weiß ich.

Kilian dreht die Schultern, als hätte ihn jemand aus der Richtung, wo Matthias wohnt, gerufen. Im Moment, als er hinter sich blickt, fliegt ihm das Nachbarskind durch den Kopf, die kleine Marie, die ihm vorhin zugerufen hat, er habe Glück gehabt. Er tippt sich an die Stirn. Bist du jetzt völlig daneben? Ich muss das allein durchziehen. Ohne Schutzengel. Ohne Matthias, der mir im Fischrestaurant die Grundfrage stellte. Wer bist du? Ich bin der Sohn meines Vaters, hat er gesagt, und zu mir: Du weißt deinen Vater nicht.

Ich will es wissen. Ich will ihn endlich wissen, meinen Vater, denkt Kilian wütend und stolpert über eine unebene Stelle im Pflaster. Scheiß auf den Fußabdruck, flucht es in ihm. Er rappelt sich.

Jetzt weiß ich, wer ich bin. Ein vaterunkundiger Herumstolperer.

Die Schultern verlegen hochgezogen, setzt er seinen Weg fort. Auf der Höhe des Springbrunnens lässt er die Schultern fallen. Kurz sieht er hin. Zum Glück steht da niemand, den er kennt. Für den Treffpunkt, fällt ihm ein, ist es noch zu früh. Wieder muss er über die befahrene Straße, diesmal aber passt er auf. Ist ja auch keine Marie in der Nähe, die ihrem Nachbarn Glück bringt. Auf dem Bürgersteig vor den Geschäften wirft er einen verstohlenen Blick nach rechts zu Sigrids Friseursalon, geht links herunter und biegt dann in eine Gasse ein. Am Ende der Gasse tut sich der kleine Bahnhofsvorplatz auf. Zwei Pkw und ein Taxi stehen da.

Das Bahnhofsgebäude mit dem überstehenden Schieferdach sieht aus wie ein schon lange nicht mehr bewohntes Haus. Kilian tritt durch die offen stehende Eingangstür in den Innenraum. Die Tür gegenüber, die zum Bahnsteig, steht ebenfalls offen. Eine Weile betrachtet er die runde, schwarz gerahmte Uhr über der Tür zum Bahnsteig. Ihre Zeiger stehen auf neun Minuten vor halb zehn. Wer weiß, wie lange die da schon stehen. Dem Glücklichen schlägt keine Stunde, ha ha. Die schmuddelige alte Uhr da oben sieht allerdings aus, als wäre ihr alles egal.

Kilian weiß auch nicht, wie spät es ist. Irgendwann zwischen drei und halb vier, vermutet er. Wäre ich eine Uhr, meine Zeiger bewegten sich jetzt auch nicht. Noch nicht. Sie halten sich unbewegt in Startposition. Erst wenn sie das Startzeichen hören, rücken sie vor. In ihre eigene Zeit, in meine. Dann werde ich vor einer Tür stehen und auf einen Klingelknopf drücken.

Im Gefühl, sich einen Ruck zu geben, wendet Kilian seinen Blick und seine Gedanken von der Uhr ab.

Von der Decke hängen zwei Neonröhren. Eine Mischung aus Laden und Marktstand bietet Getränke und Zeitungen an. An den Wänden stehen einige Bänke, deren farblose Farbe abgeblättert ist. In der Ecke, zwischen zwei Bänken, verdämmert eine Pflanze in einem großen Blumentopf, den jemand da wahrscheinlich vor Jahren stehen gelassen hat. Die Frau hinter dem Fahrkartenschalter schaut durch ihre Luke zu dem auf sie zugehenden Kilian, als hätte sie auf ihn gewartet. Kilian schluckt und lächelt. Eine Hin- und Rückfahrt nach P. Fünffünfzig, sagt die Frau. Er hat es passend. Als er die Fahrkarte in der Hand hält, lässt sein Herzklopfen nach. Er schiebt das kleine Stück Pappe in die hintere Hosentasche, zum Notizbuch.

Kilian geht auf den Bahnsteig. Die Regionalbahn fährt in stündlichem Abstand, weiß er. Wann genau, weiß er nicht. Er geht ein paar Schritte hin und her und denkt wieder an die Tür, vor der er nachts und nachmittags schon hunderte Male gestanden und auf einen Klingelknopf gedrückt hat. Sie wird geöffnet. Ein Mann wie Miriams Mann, ein Mann wie der Vater von Martina, so einer müsste da stehen. Ein karger, stiller, hochgewachsener Mann mit verschlossenem Mund, ein muskulöser Mann mit tiefer Stimme und warmem Händedruck. Ein nordfriesischer Pfeifenraucher wie der berühmte Schriftsteller, der sich die jüngste deutsche Geschichte zum Thema genommen hat. Sehr unterschiedliche Typen. Jeder von ihnen könnte mich auf seine Art achten und verstehen, irgendwie anders als Mu. Wer mein Vater auch sein mag, er und ich, wir müssten wie zwei Männer, ein größerer und ein kleinerer, aufeinander zuwachsen und miteinander kämpfen. Es geht nicht darum, wer von uns der Stärkere oder Bessere ist, sondern darum, wie sich jeder vor dem anderen und damit vor sich selbst beweist.

Er starrt auf das zerknüllte Papiertaschentuch im Schotter zwischen den Schienen. Es klemmt zwischen zwei Schottersteinen. Es bewegt sich, es wehrt sich. Guten Tag, ich bin dein Sohn. Weiter bin ich nie gekommen. Jedes Mal, wenn die Tür aufgeht, löst sich mein Bild in Unsichtbarkeit auf, in Luft. Einem Niemand, einem Schemen aus Luft sage ich meinen Spruch auf. Bliebe aber die Tür zwischen mir und dem Vater geschlossen, was wäre dann?

Kein Mensch auf dem Bahnsteig. Ein eigenartiger Geruch ist um Kilian herum. Er zieht den Hals lang, hält die Nase mit geweiteten Nüstern hinein. Wurst und Ruß. Die Bahn, die aus der Richtung kommt, in die er fahren muss, ist vielleicht gerade abgefahren.

Zum Bahnsteig gegenüber muss Kilian über die Bahnhofsbrücke gehen. Oben auf dem Steg bleibt er eine Weile stehen, sieht Wiesen und hinter Bäumen den Fluss. Dreht er den Kopf in die andere Richtung, sieht er Häuser und Dächer, erkennt das L-förmig gebaute Backsteingebäude, den Hof mit dem kahlen Baum in der Mitte, seine Schule. Unter ihm die stumpfen Gleise. Kilian fasst mit der rechten Hand hinter sich, berührt mit den Fingerspitzen die Hosentasche mit dem Notizbuch und der Fahrkarte. Er steigt die Treppe hinunter.

Ein Mann und zwei Frauen warten auf dem sandigen Bahnsteig und nehmen sein Erscheinen, wenn überhaupt, gleichgültig zur Kenntnis. Warum sollen sie mich auch ansehen und lächeln, wenn sie mich sehen, sie kennen mich nicht, sie ahnen nicht, was ich vorhabe. Wenn sie mich kennen würden und etwas ahnten, würden sie gleich mit dem Finger auf mich zeigen. Wahrscheinlich sehen die immer so verdrießlich aus. Kilian schaut wieder auf die Gleise. Ein paar Spatzen hüpfen auf dem Schotter herum, flattern kurz auf, landen, recken den Kopf, hüpfen weiter. Gedanken zur Vergeblichkeit und deren Gegenteil nähern sich, verlangen zwei Zeilen, die sich wie Gleise in der Ferne treffen müssten. Mit einem Kopfschütteln wischt Kilian die poetische Anwandlung weg.

Grummeln und Puffen sind zu hören. Die Spatzen flattern woanders hin. Kilian und die drei Wartenden starren in dieselbe Richtung. Die Bahn nähert sich, fährt ein, die Lokomotive entlässt noch einen Seufzer aus Dampf, dann Halt. Ein Mädchen steigt aus und rennt sofort zur Brücke. Kilian kommt sich wie ein Automat vor. Er erledigt, was ihm sein Mechanismus aufgibt. Er steigt ein, betritt ein Abteil, setzt sich auf einen Fensterplatz. Nächste Haltestelle aussteigen. P., die nach dem Krieg erbaute Kleinstadt mit der Fertigteilefabrik, die eine Waffenfabrik war. Zwei Bänke weiter sitzt auf der anderen Seite des Ganges ein grauer Mann mit einem großen grauen Hund. Der Hund sitzt im Gang, neben dem Mann, beide sehen raus ins Grau.

Kilian schaut auch raus, in Fahrtrichtung.

Ein Pfiff ertönt, die Bahn ruckt an, mit ihr Kilian auf seinem Weg zum Vater. Jeder Meter bringt ihn näher. Er hebt sich kurz vom Sitz, berührt die Außentasche. Den Notizblock muss er gar nicht rausholen, er muss sich nur immer wieder davon überzeugen, dass er den Namen, die Telefonnummer, die Straße und die Hausnummer bei sich trägt. An den Wiesen, so heißt die Straße. Noch höchstens zehn Minuten. Wird sicher nicht schwer sein, An den Wiesen zu finden. Man hat ja einen Mund zu fragen. Wer in so einer kleinen Stadt lebt und nicht Bescheid weiß, ist entweder neu dort oder kann nicht sehen. Die Nüchternheit, bei der sich Kilian ertappt, kommt ihm vor wie eine Schau, und er ist sein eigenes Publikum. Die Fahrt zur Miriamfamilie fällt ihm ein. Noch gar nicht lange her, da hat uns diese Pendelbahn eine knappe Stunde bis zur Endhaltestelle gefahren, zur Kreisstadt. Dort sind wir auf einem sehr viel größeren Bahnhof in den Zug umgestiegen, der bis zum Grenzübergang fuhr, von dort dann in den Interzonenzug nach Berlin. Als er daran denkt, fällt ihm Miriam ein. Ihr letzter Brief kam bereits aus Kalifornien. Von Tingen über Berlin in die Edelbleibe in einem anderen Erdteil. Gut geht es ihnen, sie haben sich schnell eingelebt, was sonst, und Susanne besucht schon von der zweiten Woche an die Elementary School. Kilian sieht sich und seine Mu am Tisch sitzen und Miriams Brief lesen. Am Ende schreibt Susanne: Many greetings and a kiss from me for You, dear Grandma und for You, Kilian, Susanne. Er sieht Mus Blick, als täte ihr etwas weh, und er hat sich gemerkt, was sie dann gesagt hat und womit sie alle widerstreitenden Gefühle eingefangen hat, mit ihrem plötzlich aufblinkenden Grinsen: Ach, was sind wir beide doch für Provinznudeln!

Abgeerntete Felder und Telegrafenmasten ziehen an Kilian vorbei. Wo die Felder zu Ende sind, sieht er hinter der Baumreihe am Ufer den Fluss schimmern. Parallel zum Fluss verläuft eine Landstraße, über die sich hin und wieder eifrig ein Auto in die eine oder andere Richtung bewegt.

Straße und Fluss kommen Kilian vor, als lägen sie still da, Bäume und Autos huschen vorbei. Nach einer Weile bemerkt er an der Landstraße Häuser, dahinter weitere Häuser, umgeben von Bäumen. Sein Blick will noch bei den Häusern verweilen, da taucht aus dem Nichts des hellgrauen Himmels ein Vogelschwarm hervor, ein schwarz bestickter Schleier. Vogelzüge im Herbst hat Kilian schon öfter beobachtet und dabei über die Disziplin gestaunt, mit der die Zugvögel unter der Führung eines einzigen Artgenossen dieses sich nähernde, sich entfernende, bei aller Bewegung in alle Richtungen am Ende offen bleibende, lang gestreckte Dreieck hinbekommen, das Vogel-V. Aber so einen Schleiertanz wie jetzt hat er bisher noch nicht gesehen. Er presst seine Stirn gegen die Scheibe. Eine unsichtbare Hand schwenkt den Schleier in dauernd wechselnden, ineinander übergehenden Formationen durch die Atmosphäre. Selbstvergessen verfolgt Kilian diese ahnungslose Anmut, bis sich das bewegte Bild, so unvermittelt, wie es aufgetaucht ist, in Nichts auflöst und ihn in seine Wirklichkeit herunterfallen lässt.

Die Bahn rattert immer langsamer, sie schleicht, kriecht, rollt ächzend neben einem Bahnsteig und hält an. Kilian, der Automat, springt auf und hetzt am Hund vorbei durch das Abteil auf den Ausgang zu. Als er den Türgriff ergreift, hört er den Hund bellen. Kilian schiebt die Tür beiseite, tritt auf die

Stufe und springt auf den Bahnsteig. Da bleibt er in gebührendem Abstand erst einmal stehen, bis sich die Bahn nach dem Pfiff wieder in Bewegung setzt, an ihm vorbei ist und hinter ihrer Dampfwolke verschwindet. Keine Brücke führt über die Gleise, stattdessen ein Bahnübergang am Ende des Bahnsteigs.

Das Bahnhofsgebäude ähnelt dem in Tingen, es sieht nur etwas jünger aus. Der Automat geht seinen Weg. Als er durch das Bahnhofsgebäude gegangen ist und den Vorplatz erreicht hat, endet der Auftrag des Automaten. Jetzt ist der Mensch gefragt. Kilian, mit dem Namen und der Adresse seines Vaters in der Hosentasche, im Kopf, steht auf dem Bahnhofsvorplatz, der Mittelpunkt des Universums, ein Staubfussel, ein zwischen zwei Schottersteinen unbarmherzig eingeklemmtes Fetzchen, das sich endlich losreißen muss, seinen Weg finden. Da wartet ein Taxi. Den Fahrer fragen. Gesagt, getan. Kilian nähert sich dem Taxi, der Fahrer hat ihn wahrgenommen, denkt bestimmt, da kommt ein Fahrgast. Kilian guckt fragend durch die Fahrerscheibe, der Fahrer öffnet die Tür, Kilian fragt.

An den Wiesen? Tja, junger Mann – der Fahrer guckt den Fragenden beinah mitleidig an –, wenn Sie meine Dienste nicht in Anspruch nehmen können, dann müssen Sie sich aber auf einen ordentlichen Fußmarsch gefasst machen.

Macht nichts, entgegnet Kilian.

Der Fahrer zeigt zurück zum Bahnhof. Über den Bahnübergang rüber und dann auf die Landstraße. Haben Sie die Häuser da hinten gesehen?

Kilian nickt.

Da müssen Sie hin. Da finden Sie An den Wiesen.

Danke!, ruft Kilian und rennt los.

68

Die Schranken sind hochgeklappt. Vor dem Bahnwärterhäuschen steht ein Mann im Arbeitsanzug, der sich das Ende einer Zigarette in den Mund steckt, als Kilian mit einem gerufenen Guten Tag! an ihm vorbeigeht. Der Mann nickt, nimmt die Zigarette aus dem Mund und ruft ihm Gleichfalls! zu.

Kilian geht auf einer sehr geraden, zweispurigen Asphaltstraße. Zu beiden Seiten liegen, halb gelblich, halb dunkelgrau, die abgeschorenen Felder, an denen er eben mit der Bahn vorbeigefahren ist. Am Ende der Straße, von wo aus ihm jetzt ein Auto entgegenfährt, beginnt die Gegend mit den Häusern, die er aus dem Zugfenster gesehen hat. Irgendwo da hinten befindet sich die Straße An den Wiesen. Das Auto verlangsamt sein Tempo, als es sich Kilian nähert. Im sehr langsamen Vorbeifahren glotzen ihn der Fahrer und die Frau auf dem Beifahrersitz an, als wäre er eine Sehenswürdigkeit. Als wollte der Fahrer gleich die Scheibe runterkurbeln und ihm was Gehässiges zurufen. Wie gewohnt tut Kilian mit hochgezogener Oberlippe so, als nähme er derlei Aufmerksamkeit nicht zur Kenntnis. Wissend, dass die Frau ihm noch eine Weile nachschaut, legt er gekonnt seinen Schlendergang ein und merkt, dass die leicht schaukelnde Art, sich vorwärtszubewegen, auf dem Asphalt einer langweiligen Landstraße, an der nicht ein einziger Baum steht, auch ohne Auslöser alle hundert Meter mal ganz unterhaltend sein kann.

Eine gepunktete Wolke steigt von irgendwo wie von einem unhörbaren Paukenschlag hochgescheucht auf. Millionen Vögel verteilen sich über den Himmel. Kilian würde sich jetzt gern an einen Baumstamm lehnen. Er fühlt sich haltlos, als er am Rand der Straße stehen bleibt, den Hals reckt und den Schleiertanz verfolgt. Ein schwankend Rohr, wer hat das gesagt? Er hat jetzt Wichtigeres vor, als Quellen von Redewendungen ausfindig zu machen, er darf sich nicht ablenken lassen. Aber er will sich ablenken lassen. Die Ablenkung jetzt, sein atemloser Blick in den Himmel, wo sich gerade eine sehr dunkle Ballung mehrerer eben noch graziös voneinander wegtreibender Formationen ereignet, die gleich wieder zu einer wirbelnden Spirale auseinanderstiebt – die Ablenkung lenkt den atemlosen Beobachter zu dem hin, was er gerade vorhat, als ihm die Vorstellung zufliegt, er und sein Vater könnten ahnungslos als zwei Pünktchen aneinander vorbei aufeinander zutreiben.

Auf einmal hört er ein Auto neben sich mit laufendem Motor halten. Kilian dreht sich um. Eine Frau öffnet die Beifahrertür, reckt Kopf und Oberkörper zu ihm hin. Kann ich Sie mitnehmen?

Blond, viel jünger als Mu, aber auch nicht mehr jung, konstatiert Kilian, der sich leicht zu der Stimme hingebeugt hat. Er sieht die freundlichen Augen. Glück, denkt er, fühlt er, steigt ohne ein Wort ein, setzt sich, zieht die Tür zu, atmet einmal tief ein und aus und sagt: Danke. Er schaut in den Himmel. Außer Hellgrau ist nichts mehr zu sehen.

Die Frau betätigt den Schalthebel. Das Auto setzt sich in Bewegung. Sie wollen sicher zur Wiesensiedlung.

Kilian erschrickt. Er sieht die Frau an. Woher wissen Sie das?

Als er das zu ihr sagt, bemerkt er, wie ihr Rücken an der gepolsterten Lehne ganz leicht zuckt. Sie bewegt den Schalthebel und bringt das Auto zum Stehen. Der Motor läuft noch.

Leerlauf, denkt Kilian und schluckt und runzelt die Stirn.

Ja, seltsam, hört er die helle, lebhafte Stimme der Frau. Fragen Sie mich nicht, woher ich das weiß, ich hab mir das eben gedacht.

Sie macht keine Anstalten, wieder loszufahren. Durch die Frontscheibe starrend sagt sie sehr leise: Als ich Sie da stehen sah, schon von Weitem, hat mich Ihr Anblick an jemanden erinnert. Und dann, sagt sie, und Kilian vernimmt etwas Drohendes in ihrer Stimme – und dann noch Ihre Stimme. Sie seufzt. Der Seufzer hört sich an wie

Schnaufen, wütend. In den Seufzer hinein sagt sie hart: Ich habe es immer geahnt.

Kilian fasst nach dem Türgriff. Er öffnet die Tür. Als er neben dem Auto steht, fragt er durch die offen gehaltene Tür: Was ist es? Was haben Sie geahnt?

Das Gesicht der Frau ist immer noch hübsch, aber es kommt ihm auf einmal ganz steif vor. Der Mund, die Augen, das Kinn, festgehalten von einem Blitzschlag. Das blonde Haar, eben noch weich und lebendig, steht starr neben dem Kinn, über den Ohren.

Das habe ich geahnt, murmelt die Frau. Das andere. Das andere im Leben.

Sie legt den Gang ein, vollführt mit der rechten Hand eine heftige, befehlend zu sich heranwinkende Bewegung, die ihm sagt, er möge endlich die Autotür zumachen.

Er wirft die Tür behutsam zu. Die Frau fährt weiter.

Kilian kehrt um. Er geht auf der Landstraße zurück Richtung Bahnhof. Er überquert die Schienen am Bahnwärterhaus, wartet mit mehreren Leuten auf dem Bahnsteig. Er ist unsichtbar. Die Bahn fährt ein, er steigt ein, bleibt an der geschlossenen Tür stehen. Kein Hund soll bellen, kein Mensch ihn sehen. Er sieht und denkt nichts Bestimmtes, merkt nur, alles geht weiter, auch er. Ein Stück Eis, vom Wasser bewegt. Eis wie Watte.

Dass er atmen, sich bewegen, sich die Kapuze auf den Kopf ziehen kann, es wundert ihn fast.

Er steigt aus, geht zurück. Nach Hause.

Auf dem Marktplatz macht er einen Bogen um den Springbrunnen. Es ist sowieso schon ziemlich dunkel. Er starrt vor sich hin. Er denkt nicht. Seine Gedanken denken ihn. Was er fühlt, es fühlt ihn. Und während er in Richtung Zuhause und Mu geht und sich denken und fühlen lässt, hört er nicht auf, sich zu beobachten und darauf zu kommen, dass es seinem augenblicklichen Zustand nicht wirklich entspricht, wie Eis zu sein. Eis kann weinen. An Watte lässt sich zupfen. Nicht aber daran, dass man allein ist. Allein? Allein reicht nicht aus, das trifft auf mich nicht zu. Allein sind mehr oder weniger alle. Sollen sich Schnulzen und Philosophien mit dem Alleinsein befassen. Ich bin mehr als allein, von Anfang an. Die verfluchte Steigerung von allein, allein, allein, die macht mich aus.

Er wird sich sein Leben lang damit abgeben, dieses Wort, das ihm nicht reicht, den Zustand, den es meint, mit seinen eigenen Worten aus dem Eis herauszukratzen, damit es ihm nichts antut. Das weiß Kilian.

Er steht vor dem Haus. Inzwischen sind die Laternen angegangen. Hinter Mus Fenster ist Licht. Er geht auf die Haustür zu. Schlüssel stecken in der rechten Hosentasche. Das Geräusch des Hausschlüssels im Schlüsselloch. Das Geräusch seiner Tritte auf den Treppen. Die kahle Stille im Haus. Alles wie immer.

Nichts ist wie immer.

Hinter der Wohnungstür wird es warm sein.

Und ich werde schmelzen.

69

Mu steht mit ihrem Lächeln wie ausgebreitete Arme in ihrer Tür, als Kilian die Wohnungstür hinter sich zuzieht.

Hallo, Mu.

Er lächelt zurück und zieht die Kapuze vom Kopf und die Regenjacke aus und hängt sie an den Garderobenhaken. Während er es automatisch erledigt, schießt ihm der Gedanke in den Kopf, das ganze Leben handele nur von Türen, die geöffnet und geschlossen werden, vor einem, hinter einem, Türen, die irgendwohin führen, hinaus und hinein. Vor weniger als einer Stunde habe ich eine Autotür zugemacht, die zwei oder drei Minuten vorher für mich geöffnet wurde. Wäre ich in dem Auto sitzen geblieben, hätten ich und die Frau kein Wort gewechselt, dann hätte sie mich an der Straße, zu der ich wollte, abgesetzt und wäre weitergefahren. Und ich wäre weitergegangen, die Straße entlang, bis zu der Hausnummer, und hätte dann vor dem Haus das Auto stehen sehen.

Mu, liebe Mu, sagt Kilian, immer noch lächelnd.

Er fühlt sich erleichtert, beinahe glücklich fühlt er sich, dass er das so einfach sagen kann. Mu steht da und sieht ihn an.

Sie wünscht sich, dass ich jetzt Hunger habe und ihr das auch sage. Aber wenn ich jetzt etwas esse, die schönste Käsestulle – ich müsste kotzen und könnte es Mu nicht erklären. Und sie würde sich Sorgen machen. Also sagt er so lässig wie möglich zu ihr: Sei mir nicht böse, ich muss jetzt allein sein. Er merkt, dass er es heiser herausgebracht hat wie immer, wenn etwas nicht stimmt, oder wenn es zu sehr stimmt.

Nichts essen?

Nein, Mu, danke. Etwas später.

Sie fragt jetzt nicht weiter, sie lässt mich.

Kilian öffnet die Tür zu seinem Zimmer, zieht sie leise hinter sich zu. Er setzt sich neben das Fenster an seinen Schreibtisch. Er knipst die Lampe an. Er legt einen Bogen Papier vor sich, nimmt den Füller und entwirft seinen Brief. Ab und zu hält er inne, überlegt, streicht durch, korrigiert. Seltsam, es fällt ihm auf einmal leicht, dem Mann zu schreiben, der sein Vater ist. Er müsste doch zittern und heulen, nach allem, was heute war. Zweifeln müsste er, verzweifeln, an sich, seinem Verstand, an allem. Nein, er zittert und heult nicht, er schreibt. Er schreibt mit dem Füller von Sigrid, mit dem er auch andere Sachen aufschreibt. Und zweifelt nicht mehr an dem, was ihm einfällt zu schreiben.

Lieber Herr S., bitte legen Sie diesen Brief nicht ungelesen zur Seite. Mein Name ist Kilian. Meine Mutter Marianne hat mir den Namen gegeben. Ich bin fast siebzehn Jahre alt, gehe in Tingen aufs

Gymnasium in die elfte Klasse. Mein Lieblingsfach ist Deutsch. Ich weiß, dass Sie mein Vater sind. Ich weiß auch, dass Sie Kinder und eine Familie haben.

Er schreibt diesen Satz und hebt dann den Füller, den Kopf. Hinter der Fensterscheibe meint er die blonde Frau zu sehen, die ihn vorhin im Auto mitnehmen wollte. Vorhin, vorhin, denkt er, wie lange ist das her? Vorhin erst hat sich Marianne mit dem fremden Mann, meinem Vater, eingelassen. Vorhin hat er mich gemacht, zusammen mit ihr. Vorhin bin ich auf die Welt gekommen. Seit vorhin suche ich meinen Vater. Was jetzt ist und was dann passiert, wird alles gleich wieder vorhin sein. Die blonde Frau wird ihren Mann lange ansehen, er wird sich wundern, vielleicht wird er etwas ahnen. Aber er wird kein Wort zu ihr sagen.

Kilian senkt den Kopf und schreibt weiter.

Glauben Sie mir bitte, ich will kein Geld von Ihnen. Ich möchte Sie nur kennenlernen und würde so gerne ab und zu mit Ihnen sprechen. Ich möchte Ihnen keine Verpflichtungen auferlegen. Was ich mir wünsche, ist, dass Sie auch neugierig auf mich sind. Bitte, melden Sie sich bei mir. Meine Mutter weiß nichts von diesem Brief an Sie. Wenn Sie mir antworten, hier ist meine Adresse. Kilian.

Er liest noch einmal durch, was er eben verzapft hat. An einigen Stellen muss er blinzeln und den letzten Satz noch mal von Anfang an lesen, um sein Geschreibe zu entziffern. Was, fragt er sich, verrät die Handschrift über den Menschen? Ganz schön kompliziert. Ganz schön komisch, der Mensch, der so schreibt. Als ob jedes Wort, das er hinschreibt, noch ein anderes Wort, ein ungeschriebenes, versteckt. Das soll es nicht. Morgen Nachmittag, wenn ich sowieso wieder mit der Wandzeitung beschäftigt bin, werde ich den Brief ins Reine tippen. Von der Schulsekretärin werde ich mir einen Briefumschlag geben lassen und auf der Post eine Briefmarke kaufen.

Er faltet den Brief an seinen Vater und schiebt das gefaltete Papier in seine Schultasche, zwischen die Hefte.

70

EINE WOCHE SPÄTER holt die Mutter einen länglichen Brief aus dem Briefkasten. Absender: Tingen, Amt für Familie und Soziales. Darin wird ihr in dürrer Amtssprache mitgeteilt, sie und ihr Sohn sollen am nächsten Mittwoch um 14.30 Uhr in Zimmer soundso im Ratsgebäude erscheinen.

Nach dem Mittagessen, bevor beide den Tisch abräumen, zeigt die Mutter Kilian den Schrieb. Er liest ihn durch. Mit jedem dürren Wort steigt eine furchtbare Ahnung in ihm auf. Heiß, immer heißer wird ihm im Gesicht. Er schluckt. Er will aufspringen, nichts wie raus, weg von hier, und bringt es nicht fertig. Jetzt einfach abhauen, das kann er ihr nicht antun. Vielleicht geht es ja auch um etwas völlig Harmloses, das geklärt werden soll, ein falsch gestellter Antrag, irgendetwas Versäumtes, das die Bürokratie aufgespürt hat. Bürokratie, das wäre auch mal ein Thema für unsere Wandzeitung. Die Mutter ahnt es auch. Wenn ich nicht allein, sondern mit meinem Sohn dort erscheinen soll, hat es mit Kilian zu tun. Sie hat diese Auseinandersetzung letztens, als er sich den Namen aufschrieb, ganz tief in sich weggesteckt. Jetzt klopft es wieder laut an. Sie will dieses Mahnende in sich nicht hören. Der Ton in dem Schreiben erscheint ihr trotz der unpersönlichen Amtssprache irgendwie anklagend. Was um Himmels willen hat mein Sohn angestellt? Womit könnte dieser offene, spontane Junge, ein junger Mann, der natürlich seine Geheimnisse hat wie jeder und jede in dem Alter, die Aufmerksamkeit des Amtes hervorgerufen haben? Ist er mit seiner Wandzeitung zu weit gegangen? Verständigung, war das nicht das letzte Thema? Aber selbst wenn er sich da etwas allzu Provozierendes hat einfallen lassen – was ginge es das Amt an? So etwas würde doch schulintern geregelt werden.

Sie schüttelt den Kopf. Was kann das bedeuten, fragt sie Kilian, der mit gesenktem Kopf dasitzt, warum sollen wir uns dort melden?

Keine Ahnung, murmelt er.

Nun gut. Sie streichelt ihm über den Kopf. Lassen wir uns überraschen.

71

Am nächsten Tag stehen Kilian und Matthias wie so oft in der großen Pause an der Schulhofmauer beieinander. Matthias geht zielstrebig vor, nachdem er beim Verlassen der Klasse dem dankbar nickenden Kilian seine volle Schachtel Zigaretten gezeigt und diese schnell wieder in der Jackentasche hat verschwinden lassen. Kilian trottet hinterher.

Ihre Rückseite und die verschwörerisch gesenkten Köpfe den nicht rauchenden Mitschülern und den Lehrern, die Hofaufsicht haben, zugewandt, paffen Kilian und Matthias schweigend vor sich hin. Zwei andere Grüppchen stehen mit ebenfalls gesenkten Köpfen quatschend und lachend in unauffälligem Abstand voneinander an der Mauer, alle pusten ihren Rauch Richtung Hofboden, damit die herumspazierenden Lehrer nichts Verdächtiges sichten müssen.

Normalerweise würde Kilian jetzt bezugnehmend auf die letzte Physikstunde kichernd losspinnen, durch sein Hirn zirkulierten gerade ziemlich planlos Stromkreise, und er wollte Matthias vor Stromschlägen warnen, die sich als elektrisierende Streicheleinheiten auf bestimmte Körperteile nahe stehender Mitmenschen auswirkten. Was auch gerade in Physik durchgenommen wurde – anschließend in der großen Pause pflegt

Kilian dazu auf seine Weise Stellung zu beziehen. Seit Tagen aber sagt er so gut wie nichts und starrt ins Leere. Die ganze Woche schon muss Matthias den sonst so munteren Kilian dasitzen und dastehen sehen mit einem Gesicht wie einer, der Schmerzen hat. Irgendetwas Schlimmes beschäftigt ihn. Zum Springbrunnen ist er tagelang nicht gekommen. Und er wirkt derart abweisend, dass sich Matthias nicht traut zu fragen.

Bei jedem Zug an seiner Zigarette sieht Matthias forschend zu Kilian hin. Vorige Woche Mittwoch, oder war es Donnerstag, hat er ihn unten in dem Raum sitzen sehen, wo er mit seiner Arbeit für die Wandzeitung beschäftigt ist. Er tippte etwas in die Schreibmaschine und zog dabei ein verbissenes, anders gesagt konzentriertes Gesicht. Matthias wäre sich wie ein Schreckgespenst vorgekommen, hätte er Kilian unterbrochen und ihn gefragt, was es ist, das ihn derart heftig beschäftige, dass er dabei mit den Kiefern mahlen müsse. Überhaupt hat sich Kilian, der sich bei allen möglichen und unmöglichen Gelegenheiten an ihn, Matthias, mit einer Frage, einer Bemerkung oder einem Zuzwinkern wendet, in den letzten Tagen auffallend zurückgezogen. In den Pausen hat er unbeteiligt wie ein Träumer mal bei denen, mal bei anderen gestanden, aber seine Blicke zu ihm hat Matthias trotzdem mitbekommen. Er hätte sie allerdings nicht bemerkt, hätte er selbst nicht auch dauernd zu Kilian hingesehen. Irgendetwas war nicht wie sonst. Nicht mal mehr eine Zigarette haben sie zusammen geraucht, bis eben.

Matthias raucht einen letzten Zug und behält die Kippe zwischen Daumen und Zeigefinger, bis sie von selbst ausgeht. In den ausgepusteten Rauch hinein sagt er und sieht dabei Kilian fest in die Augen: Mensch, du hast was.

Kilian spürt das Forschende im Blick des Freundes. Keine Neugier, nur eine Bitte. Sag mir endlich, was los ist mit dir. Noch am späten Nachmittag, als ich nach meiner verpatzten Reise in die Nachbarstadt zurückgekehrt bin, wollte ich doch als Erstes zu Matthias, ihm alles sagen. Ich hätte ihn doch am liebsten von Anfang an bei mir gehabt. Dann wüsste er jetzt alles und brauchte mich nicht so anzusehen. Aber das war unmöglich. Wie hätte ich ihn darum bitten können? So etwa? Kommst du mit zu meinem Vater, den ich nicht weiß?

Ja, sagt Kilian, ich hab was. Ich habe wirklich was.

Er tritt die Zigarette aus und wischt sich mit dem Ärmel übers Gesicht. Die Heftigkeit der Armbewegung lenkt ihn davon ab, sich Matthias an den Hals zu werfen und zu heulen. Matthias spürt das. Bei aller Traurigkeit macht es ihn froh zu merken, dass Kilian sein Vertrauen zu ihm behalten hat.

Komm doch nach der Schule mit zu mir, schlägt er Kilian leise vor.

Heute lieber nicht, sagt Kilian, meine Mutter ... Seine Lippen zucken.

Die Woche vergeht. Eine Woche wie jede andere.

72

Am Mittwoch der folgenden Woche gehen Kilian und seine Mutter nach dem Mittagessen zum Rathaus. Auf dem Weg dorthin schauen beide kurz bei Sigrid im Salon vorbei. Sigrid weiß Bescheid. Marianne hat ihr den Schrieb noch am selben Tag, als sie ihn erhielt, gezeigt, und beide waren trotz ihrer ahnungsvollen Blicke übereingekommen, dass Mutter und Sohn die Sache, was es auch sei, auf sich zukommen lassen und nicht vorher groß herumspekulieren wollen. In dem Sinne sagt Marianne in der Tür zu Sigrid: Nachher wissen wir mehr, und Sigrid hebt beide Fäuste hoch zum Zeichen, sie drückt beiden die Daumen, dass es nichts Unangenehmes ist.

Sigrid Hönig ahnt etwas, seit Kilian bei ihr im Salon aufgetaucht ist. Könnte sie ihre Vermutung in konkrete Worte fassen, hätte sie es dennoch bei sich behalten. Hat sie doch vorletzten Dienstag mitbekommen, wie Kilian durch die Ladentür gehastet ist und sie um das Telefonbuch bat und wie hektisch er dann darin herumblätterte. Dass sie Kilian beobachtet und was sie sich dabei gedacht hat, davon hat sie Marianne natürlich nichts gesagt. Das Thema Vater liegt doch schon so lange in der Luft. Kilian hat ihre Aufmerksamkeit zum Glück nicht bemerkt, dazu waren er und sein rechter Zeigefinger viel zu intensiv mit der Suche nach einer bestimmten Nummer beschäftigt. Wie er dann aber die offenbar gefundene Telefonnummer und noch mehr in sein Notizbuch eingetragen hat, wahrscheinlich eine Adresse, eine bestimmte Adresse, und wie er dann rausstürmte aus dem Laden, das war ihr alles derart bedeutungsgeladen erschienen, dass sie gar nicht anders konnte, als es mit diesem bestimmten, seit Jahren unausgesprochenen Thema in Verbindung zu bringen. Wer weiß, aus welchem Grund und wodurch es offenbar auf einmal konkret geworden ist. Es kann aber auch sein, dass sie sich irrt und Kilians Aufregung einen ganz anderen Auslöser hatte. Wie dem auch sei, Sigrid hat sich gleichsam von vornherein einen Finger auf den Mund gelegt, um ihre Freundin nicht zu beunruhigen.

73

TREPPEN, GÄNGE, TÜREN. Im Foyer, an der Wand, wo die Treppe beginnt, hängt ein Schwarzweißbild von einem Mann im grauen Anzug. Kein einziges Bild sonst, nur Hinweisschilder. Sie steigen die Treppe hoch. Etage Nummer zwei, Zimmer Nummer soundso.

Punkt 14.30 Uhr klopft Marianne an, öffnet die Tür, sagt guten Tag und ihren Namen. Kilian hinter ihr hat mit einem Blick erfasst, dass auf dem Schreibtisch Ordnung herrscht. Papier, Telefon, Schreibmaschine, Lampe. Auf dem Drehstuhl hinter dem Tisch der städtische Beamte, ein Mann mit Anzug und Brille, der den Kopf zu ihnen dreht. Statt eines Grußes fordert er Mutter und Sohn auf, draußen zu warten.

Gehorsam setzen sich beide auf die Bank an der Wand neben der Tür. Mu hält sich an ihrer alten Handtasche fest, die auf ihren Knien steht. Kilian beißt sich auf den Lippen herum. Eine Frau mit einem Tablett, auf dem zwei Tassen und ein Milchkännchen stehen, eilt an ihnen vorbei. Als sie hinter einer Tür verschwunden ist, bleibt eine Ahnung von Kaffeeduft in der Luft hängen. Kilian legt seine rechte Hand auf Mus zitternde Hände. Es tut ihm gut. Ihr tut es auch gut. Er muss jetzt ein Wort finden, das seine Gänsehaut vertreibt.

Ein Wort, das den Flur, die grellen Neonröhren an der Decke, den sauberen Tisch, den Brillenmann, Mus Verzweiflung und sein Alleinsein umfasst. Und den Kaffeeduft, der hier gar nicht und darum erst recht hingehört. Ein Wort, das dieses Leere von ihm abhält, damit er nicht anfängt zu schreien. Ein Wort, das wie von hoch oben alles umfasst.

Mitläuferauslauf. Entbuntungsgelände. Nett, aber theatralisch.

In dem Moment, als der Mann die Tür aufmacht und sagt: Kommen Sie, hat Kilian es gefangen, das Wort. Es ist nicht von ihm erfunden und ist es doch. Er sagt es nicht laut, es sagt sich in ihm, und er schnauft zustimmend und merkt, es hilft ihm.

Grauzone.

Im Gefühl, dem Beamten mit erhobenem Kopf zu begegnen, setzt er sich nach dessen weisender Handbewegung auf den Stuhl vor dem Tisch, vor den Mann, neben seine Mutter.

Der Beamte nimmt mit den Spitzen von Daumen und Zeigefinger einen aufgefalteten Bogen Papier, der in Schreibmaschinenschrift bedruckt ist, hält ihn hoch und legt ihn mit einem Gesichtsausdruck, als handelte es sich um etwas Ansteckendes, vor sich auf dem Tisch ab.

Ich habe Sie hergebeten, weil mir hier dieser Brief vorliegt.

Beide, Kilian und seine Mutter, sind sich jetzt sicher, um was es geht. Marianne, weil sie es geahnt hat, Kilian, weil er sich so was gleich gedacht hat, als Mu ihm den amtlichen Brief zeigte. Und weil dieser Mann hinterm Schreibtisch nicht den Anflug eines Lächelns, nicht die kleinste Ahnung von Freundlichkeit von sich gibt, weiß Kilian auch, was dieser Geste, dieser formalen einleitenden Bemerkung folgen wird.

Der Adressat dieses Briefes, fährt der Beamte fort, hat sich an uns gewandt. Er bat uns darum, dem Absender dieses seinem Schreiben beigelegten Briefes, also Ihnen, Kilian Schelk, und Ihrer Frau Mutter, Frau Schelk, mitzuteilen, dass jeglicher Kontakt mit ihm nicht erwünscht und darum zu unterlassen ist.

Der Mann sagt das schneidend und drohend an Kilian vorbei. Als er fertig gesprochen hat, heftet er den Brief, der bereits gelocht wurde, in den bereitliegenden Ordner, schließt den Ordner und schiebt ihn an den Rand des Schreibtischs. Dann steht er vom Drehstuhl auf und sagt zur sich gleichfalls erhebenden Mutter und ihrem Sohn mit dem gleichen drohenden Tonfall: Ich gehe davon aus, dass Sie sich an die Forderung des Herrn S. halten.

Kilian und seine Mutter verlassen das Büro ohne ein Wort.

Nebeneinander steigen sie die Treppen hinunter, nebeneinander gehen sie nach Hause. Auf dem Marktplatz wagt Kilian einen Blick auf seine Mutter. Ich bin jetzt schon fast einen Kopf größer als sie, stellt er fest. Er wechselt die Seite, geht nun links von ihr und langt nach ihrer linken, der handtaschenfreien Hand. Auf einmal hält er an, bleibt eine Weile stehen, den Kopf gesenkt. Sie drängt ihn nicht, weiterzugehen, sie wartet. Ihre Hand bleibt in seiner rechten Hand, er merkt, wie sie wärmer geworden ist, als er im Weitergehen mit seiner tiefen zärtlichen Stimme zu ihr herunterspricht.

Geflügelte Wühlmäuse
flattern in Grauzonen.
Aus dunkelsten Ritzen
kommt Staub, zieht durch die Wände.
Draußen formen sich Wolken
die überall tanzen.
Vogelschwärme. Nichts als
Grauzonenstaub.

Epilog
Augenschein

In dem fürchterlichen Wohnzimmer in Berlin-Friedenau saßen Leute unter einem Kronleuchter. Hauptsächlich Frauen. Frauen des Typs, den man ältere Frauen nennt, so fasste ich sie auf den zweiten Blick zusammen. Ich war tatsächlich eine ältere Frau. Aber hier gehörte ich nicht hin. Wenn ich das Gefühl habe, eine Instanz zupft mir an den Mundwinkeln, bis das Lächeln richtig sitzt, meldet sich Unbehagen in der Spannung meiner Lippenhaut. Bei mir gibt's keinen Kronleuchter, keinen Couchtisch, keine geordneten Haare. Mein erster Blick aber, kaum dass ich in der geöffneten Tür zwischen Diele und Wohnzimmer stand, war auf den jungen Mann gefallen. Seine Gesichtshaut war gerötet, die braunen Augen leuchteten. Er saß auf einem der beiden hellweißen Ledersofas, neben ihm zwei Frauen. Der Gastgeber stellte mich vor und sagte die Namen der Sitzenden. Ich nahm zwischen einem Mann und einer Frau Platz, Mario gegenüber. Den Vornamen hatte ich mir gemerkt. Mario hielt die Knie, untypisch für einen Mann, dicht nebeneinander, sodass sein Körper wenig Platz einnahm. Die verklemmte Kniehaltung war das Einzige an ihm, was in diese Runde passte. Er redete viel, es war gut formuliert. Mit dröhnender Rednerstimme hielt er muntere Vorträge. Ich fühlte mich angesprochen von Mario, aber ich merkte mir nichts, sah ihn nur an. Viel Schaum, dachte ich vergnügt. Red leiser, empfahl ich ihm in Gedanken, leiser! Er war lebendig allem zugewandt und unbekümmert, aber er war mir leider zu jung. Über die seufzende Feststellung hinaus, und um diese schöne, krachende Männlichkeit möglichst weit von mir abzuhalten, beschied ich, ihn als Bruder zu sehen.

Sigrun Casper lebt in Berlin. Geboren in Kleinmachnow, arbeitete sie als Näherin und als Verkäuferin der Deutschen Bücherstube, war Schauspielschülerin, später Lehrerin an einer Förderschule. Romane, Erzählungen, Lyrik, darunter auch Jugendromane (u.a. »Gleich um die Ecke ist das Meer«).
Mit dem Dichter Mario Wirz verband sie eine langjährige Freundschaft.
Zuletzt: »Unterbrochene Schienen« (2. Auflage).
Autobiografische Erzählungen rund um Krieg, Mauerbau, Flucht, Mauerfall. West-Ost-West-Beobachtungen.
»Ihre sensiblen Beobachtungen kleidet die Autorin in klare schöne Sätze.« (Tagesspiegel)

Impressum

PF 1621, D – 72006 Tübingen
Telefon: 0049 (0) 7071 66551 / +78779
Fax: 0049 (0) 7071 63539
office@konkursbuch.com
www.konkursbuch.com
Gestaltung: Verlag & Freundinnen
Covermotiv: Album Rinaldo Hopf
Lektorat: Regina Nössler

ISBN: 978-3-88769-573-6
ISBN E-Book: 978-3-88769-574-3